会它千顷澄碧

——记全国自强模范 桐柏县埠江镇付楼村党支部书记 李健

中共南阳市委组织部 学习指导专用书

不忘初心 牢记使命

主编 曹国宏 魏维

编委会

主任：吕挺琳

副主任：莫中厚　贾松啸

"感动南阳"2018年度人物颁奖典礼

付楼村"两委"

李健召开村两委班子会议

付楼村志智双扶"三个一"活动座谈会

埠江镇党委为激励贫困村党支部迎难而上,特为村支书李健创设"苦辣奖"

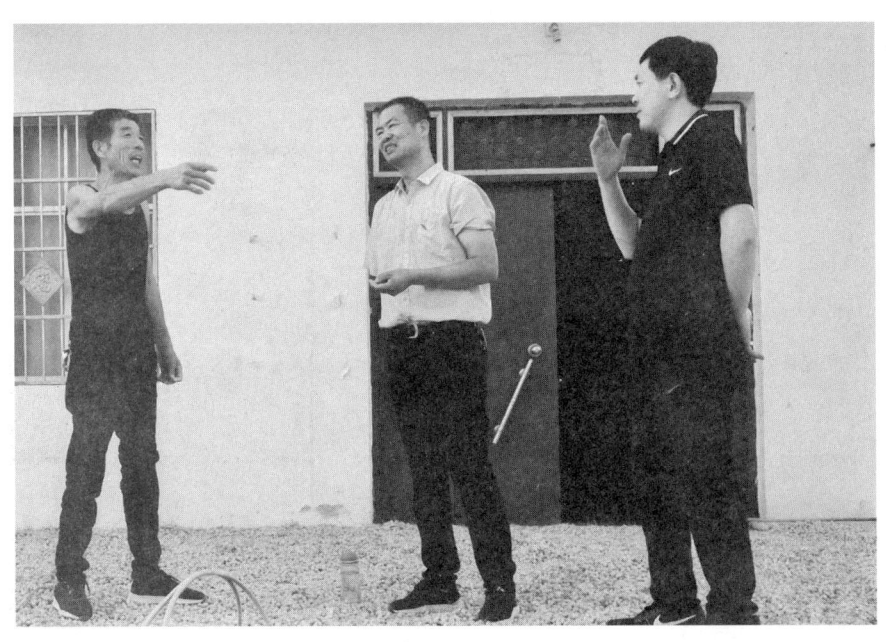

花生丰收的喜悦

李健和村两委规划产业发展

李健带领群众种植大葱脱贫致富奔小康

李健在扶贫车间指导工作

李健在付楼村扶贫车间指导贫困就业女工生产玩具

李健与村民聊天

李健在贫困户家中

李健在黄金梨种植基地

李健指导贫困户种植香菇

李健克服困难学习香菇种植技术,带领群众种植30万袋香菇(一)

李健克服困难学习香菇种植技术,带领群众种植30万袋香菇(二)

李健在小龙虾养殖基地（一）

李健在小龙虾养殖基地（二）

李健在生物炭厂

会它千顷澄碧
——记全国自强模范 桐柏县埠江镇付楼村党支部书记 李健

人物档案

李健，河南省桐柏县埠江镇付楼村人，1970年4月出生，中国共产党党员，先后担任过付楼村组干部和埠江镇农电所电工，现任付楼村支部书记。2012年李健因公致残，右臂截肢，双下肢留下残疾，但他不悲观，不绝望，在党的扶贫政策和党员干部的无私帮助下，苦干实干，通过承包土地发展种植等途径，带头摘掉了贫困帽子。他致富不忘乡邻，想办法多途径帮助80多位贫困人员增收。李健深念党恩，积极向党组织靠拢，2014年6月正式加入中国共产党，2018年4月被选举为埠江镇付楼村党支部书记。当上村支书后，李健同志处处以村民利益为先，不顾身体残疾，甘于吃苦，勇于奉献，不怕牺牲，带领村干部引导村民脱贫致富，为付楼村发展作出重大贡献，体现了共产党人的担当和责任。

李健被评选为"'感动南阳'2018年度人物""南阳市劳动模范""南阳市岗位学雷锋标兵""全国自强模范""新华社'中国网事·感动2019'二季度网络感动人物"。李健受邀于2018年10月16日到国务院新闻办参加残疾人脱贫攻坚与中外媒体记者见面交流会，2019年5月他作为河南省代表之一，赴京参加"第六次全国自强模范暨助残先进表彰大会"，先后受到了中共中央总书记习近平、中共河南省委书记王国生的亲切接见，中央、省、市媒体先后报道了李健的先进事迹。

目录

[会它千顷澄碧] 1

一　家境清贫志不穷，诚知汲善常在心 4

二　飞来横祸摧身心，悲痛欲绝疑无路 8

三　身残志坚扔拐杖，艰难困苦磨意志 13

四　船迟又遇打头风，枯树开花又逢春 17

五　饮水思源感党恩，念如磐石终入党 26

六　牢记初心帮村民，薪火相传递关怀 31

七　独花开放不是春，百花齐放香满园 36

八　掌舵领航真不易，党建制度强助力 44

九　因地制宜出实招，誓把付楼变富楼 64

十　叶稀枝折莫嗟叹，不信春风吹不暖 78

十一　采得百花成蜜后，为谁辛苦为谁甜 85

十二　春风书写新画卷，乡村新貌唱丰年 89

会它千顷澄碧

——记全国自强模范、桐柏县埠江镇付楼村党支部书记　李健

5月末的一天,在桐柏县埠江镇付楼村。中午快1点的时候,村民们大多吃罢了午饭,村支部书记李健左手攥着一瓶醋,急匆匆跨进家门,右臂的空袖管在身后轻飘飘地晃来晃去。

厨房里,他的妻子付家六右手拿着锅铲正搅着锅里的面条,他的弟弟把碗从橱柜里拿出来擦干净,他的父亲正在切菜。

李健回到屋里,坐在凳子上用双腿夹着醋瓶,左手把瓶盖拧开,递给妻子。这是李健家中很普通的一个生活场景。

然而,知道李健家详细情况的人,才会觉得这个普通的场景并不普通。李健因伤致残,右臂被截肢,左腿是由腰部骨头和右腿肌肉再造而来的;妻子付家六曾因脑出血偏瘫过,至今左边半个身子几乎没有知觉,左腿左臂活动困难;李健的弟弟二级残疾,生活完全不能自理;80多岁的父亲年老体衰,右腿骨折落下了病根。村里人都说,李健家做顿饭得一家人全体出动,少一个人就很难吃上饭。

2019年5月16日，包括李健在内的167名"全国自强模范"代表，一起参加了在北京举行的"第六次全国自强模范暨助残先进表彰大会"。全国自强模范暨助残先进表彰大会每五年举办一次，是我国给予残疾人事业战线上突出贡献者及集体的最高褒奖。习近平总书记在人民大会堂会见了这些残疾人代表。李健说："当总书记走进人民大会堂北大厅时，我立刻激动得湿了眼眶，总书记'再接再厉，再立新功'的勉励，这些天一直在我耳边回响。我深刻体会到，这个表彰不仅是一份荣誉，更是一份责任，一份属于共产党员的责任。它让我永远不忘自己的理想，坚定自己的信念，激励我在建设社会主义新农村的道路上砥砺前行，再创辉煌！"

在李健看来，他能够脱贫致富，一方面是党的政策好，让他家在最低谷的时刻不愁吃穿，有了基本生活保障；另一方面，帮扶他的党员干部全心全意，为他脱贫致富出谋划策、不遗余力，他才能最终摆脱贫困走上小康之路。

李健始终记得，每当他需要帮助的时候，党组织都会给他关怀温暖，总有党员伸出援助之手，无私帮助。他伤残住院的时候，单位的党员干部忙前忙后地看护照顾；在家养伤康复的时候，村里的党员干部嘘寒问暖，帮助做家务、干农活；成为贫困户的时候，对口帮扶的党员干部给他申请政策资金、跑项目、帮销售……在他一蹶不振的时候，是党、是党员干部，以满腔热忱为他重燃希望之火，让他重新振作。没有党，就没有李健如今脱贫致富的幸福生活。饮水思源，深念党恩，李健积极向党组织靠拢，成为一名共产党员；不忘初心，牢记使命，为带领全村人共同致富，李健当了村支书，不辞劳苦，用满腔热忱回报党的温暖关怀。

李健脚下的这方土地,和无数袒露在阳光下的村庄一样,到处是五月的绿色和杨柳的白絮。作为2016年脱贫退出村,付楼是埠江镇三个贫困村中最后脱贫的,经济基础和自然条件都不太好。村民收入主要还是依靠小麦、玉米、花生这些传统农作物,村里的增收产业整体来说规模都不大。

虽然付楼村已经脱贫,但村民整体生活水平仍然偏低,缺乏有效的增收途径。受到总书记接见后,马不停蹄地回村开展工作,李健说:"党中央给我这么大的荣誉,我不仅要自强,还要让全村强,才对得起总书记对我的关心。"

自强,是所有熟悉李健的人对他最突出的评价。他身残志坚,面对困难挫折迎难而上,致富不忘乡亲,甘于牺牲奉献,在他身上,人们看到了共产党员的使命与担当。从桐柏县到南阳市,从河南省到全国,面对越来越多的荣誉和越来越大的名气,从北京回到付楼的李健这样说:

"名气意味着,我有更大的责任和号召力,为付楼村百姓办好事。"

一　家境清贫志不穷，诚知汲善常在心

李健，1970年出生在桐柏县付楼村一户贫民家中。家中兄弟姊妹六个，因为伯伯在李健幼时就外出务工，后在山西定居，两个女儿也一直生活在李健家中。加上这两位堂姐，李健兄弟姊妹共八人，李健排行第六。

在李健的记忆中，童年时家里非常穷，家中姊妹8个和父母、爷奶住在一起，除了种庄稼，没有什么别的营生，经常是吃了上顿没下顿。李健至今记得，弟弟出生时候母亲坐月子，家里搅点鸡蛋面汤，几个孩子抢着喝，最后父母只能用开水涮锅底来喝。

李健的小弟弟是二级残疾，没有自理能力，需要家人照顾，更是让这个贫困的家庭雪上加霜。

李健小时候，家里住的是土坯房，赶上下大雨，外面大雨，屋里小雨。他二哥结婚多少年后，终于建了四间平房。李健就想，将来他能盖两间平房就很满足了。儿时的李健在贫困中度过，那时他家可能是全村最困难的一户了。

李健中学毕业后就没再上学，早早地开始了面朝黄土背朝天的庄稼汉生活。虽然生活贫困，但李健一直保持着积极向善、助人为乐的性格，也正是因为他的善良热情，让他后来收获了美满的爱情。

农村人结婚早，再加上李健中学毕业后就没再上学，到了可以结婚的年龄，却没人愿意给他介绍对象。为啥？穷，家徒四壁，温饱都不能保障，哪个姑娘愿上门？"当时有个邻居直接给我二哥说，家里啥也没有，谁愿意跟李健？给他介绍也白搭。"李健说。因为穷，也没敢再主动张口让别人给自己介绍对象。

正当李健对婚姻不抱什么期盼的时候，他的实在和善良给他牵了"红线"，让他认识了现在的爱人付家六。李健有个近门的亲戚是个老太太，虽然有个儿子却身体不好，老太太自己也干不了重活。李健知道老人家里困难，平日里一有时间就主动去老人家里干活，拉车、收庄稼，脏活累活都揽下来。老人觉得李健厚道、勤快又踏实，对他的照顾无以为报，就主动给他介绍了对象。也正是因为看中李健的人品，女方很快就答应了这门亲事。1993年，李健和付家六举行了简单温馨的婚礼，组成了自己的家庭。第二年，李健的儿子出生。

李健的兄弟姐妹都成家后，他主动承担起赡养父母和照顾弟弟的责任，肩上的担子更重了。他所在大队的支书，看到李健的善良，也了解李健的困难，对李健多加照顾。1994年，河南油田在桐柏修建了一个实验碱矿，需要人手，村支书多方协调，安排李健过去，让李健有一个增加收入的门路，于是李健来到了矿上工作。他至今还记得，刚到矿上那会儿，口袋里一分钱也没有，连一盒两块5的烟都买不起，碰到熟人打招呼想递根烟都没有。李健的母亲把家里的绿豆都卖了，凑了17块钱，李健这才有了生活费。从1994年到1998年碱矿关闭前，这四年李健一直在矿上，他非常珍惜这个来之不易的机会，工作负责，不怕苦累，热心助人，赢得了全矿上下的一致赞扬。他从一个普通职工升为带班领导，收入提高，生活也有所改善。

离开碱矿后，李健先到建筑队干了半年，因为工资较低，又回乡种植葡萄。开始的几年，每年一亩地能有四五千元的收入，但随着当地葡萄种植面积的扩大，收入逐渐下降，李健开始关注新的致富信息。他的一个朋友在湖北种植黑木耳，利润较好，目光敏锐的李健看到了黑木耳种植的前景，决定搞黑木耳种植，这一搞就是9年。因为他吃苦耐劳，又肯钻研种植技术，再加上头脑灵活，善于经营，能打开销路，每年黑木耳都能有一两万的收入。在种植黑木耳之余，李健又购买了货车在铁路工地上帮忙拉货，还到天津打工赚钱。随着收入的不断增加，李健家庭经济情况有了极大改善。

2007年，因为地方农网改造需要重新规划修建线路，当地每个村都要选一个电工。李健有线路维修的经验，又富有责任心，为人热情，经过村里推荐和县电力部门的考核，李健当上了村里的电工。干一行，爱一行，李健做了电工后，认真学习电工技术、电气检修等知识，虚心向同行请教，工作一丝不苟，无论寒暑，只要有任务，都能看到他在电线杆上爬高上低的身影。村民家中的电路出现了故障，他总是以最快的速度赶到现场解决问题。他的亲戚朋友都劝他，少干点，别累着，他总笑呵呵地说："有这个技术，年轻，多干活，没啥辛苦的。"他的辛勤付出保证了村里的正常用电。

这一年，李健又添了一个女儿。

无论从事什么工作，李健始终保持着乐于助人之心。李健所在的付楼村是远近闻名的贫困村，一些村民生活困难，时常交不起电费。李健不给这些村民断电，也不让单位受到损失，总是自掏腰包，为这些村民垫付电费。干电工的几年，李健究竟垫付了多少电费，他自己也不清楚，虽然每次垫付的不过是几块、十几块，但是积少成多，几年下来，李健家中垫付电费的单子早已有泛黄的几摞，累计金额超过三万元，他都帮过谁，根本记不得了。当别人向李健提起这件事时，李健总是谦虚地说："其实我的同事都很热心，不止我，大家都帮他人垫过电费，我做得很普通。"

"穷则独善其身，达则兼济天下。"李健虽然生活清贫，但是他积极向善、乐于助人之心却一直是火热的，这是一种内心的强大，是一种精神的富裕。这个自己还在温饱线挣扎的人，却一直有着一颗兼济天下的仁心。富人做善事是一件简单的事，可是本就清贫的他却一直坚守着乐于助人的传统美德。他炽热善良的心是这片沉默厚实的土地开出的最璀璨的花。

二　飞来横祸摧身心，悲痛欲绝疑无路

天有不测风云。2011 年 12 月 30 日，一个改变李健人生的日子，他至今还记得，那天的风特别大。

2011 年 12 月 30 日上午，桐柏县电力部门派技术人员到村里讲解安装一种变压器上的远程监控系统，这种系统安装后，在电脑旁就可以监控到变压器运转情况，会大大提升工作效率。李健和其他五位电工接受了技术指导，因为技术扎实，基础比较好，李健很快就顺利上手，能把几十个不同颜色的电线正确连接起来。其他电工都没学会，李健热心帮助其他同事学习技术，在李健的带领下，电工们很快就正确组装了一台远程监控器。

刚吃完午饭，一台变压器出现了故障。李健知道后，立即带着其他电工扛着铝合金梯子前去修理。到达现场后，本来应该是同事上去修理，但是李健考虑到同事的技术有些不熟练，他最熟练，所以就主动请缨，不顾呼啸的寒风，架起梯子就爬上了电线杆。突然，一阵大风迎面扑来，李健脚下的铝合金梯子猛然一晃，他也不由自主地身子

向后一仰，在要跌下梯子的瞬间，李健下意识随手一抓，正好抓在变压器减压柱上，顿时，高压电流击打到李健身上，他强烈感觉到自己的手再也拽不下来，瞬间，他便失去了知觉。

下面的同事看到李健出事，非常着急。一个机灵的同事冲上前去一脚把梯子蹬倒，李健从变压器上跌到了草丛里。当李健醒来时，工友正在给他做人工呼吸抢救，他睁开眼睛，首先看到了自己的右手已经完全烧成了黑色，浑身剧痛的李健再也承受不住这个打击，又晕了过去。现场的工友事后说，出事那会儿，李健的电工头盔都冒出了白烟，再过一会儿就能点燃，身上衣服基本都烧焦了，右手和左腿都着了火，骨头外露，都被电流烧成了黑色。

昏迷的李健被现场同事紧急送到了当地医院。医生们看到他的情况，都说治不了，根本没有抢救的希望，不敢接收，连病房都没让进，李健就在外面躺了几个小时。后来李健的家属赶到，联系南阳市的医院，派救护车过来接李健到市里面抢救，救护车赶到后，随车医生看到李健的伤情，也认为李健没有任何希望，开始也不愿让李健上救护车，在他家属和同事的强烈要求下，救护车才拉上李健送往南阳的一家医院。

到了市里的医院，医生看了李健的伤情如此严重，对保住他的生命也没抱什么希望，仅仅让他的家属交了400元的住院费。李健醒来后，医生告诉他，收他400元住院费也是不想让他多花冤枉钱，医院并不认为他有活下去的希望，很有可能今天拉到医院明天就拉走了。李健后来说，他没有埋怨医院不尽心尽力，他知道自己的伤情有多严重，绝大多数人都认为他不会活多久。"我醒过来时看着那腿，看着那手，我一直不停地流眼泪。整个右胳膊完全烧成了黑色，手指头都是黑的。左腿上骨头外露，也烧成黑的了，上面一点肉都没有，骨头露出很长，都是黑颜色。浑身上下就没有好的地方，一会儿清醒，一会儿昏迷。当时我就想不管以后咋办，我首先得活下来。"李健回忆道。因为强烈的求生意志，李健打破了医生"头天拉来第二天拉走"的预言。医生们都对李健说："你的命真大，在我们的医院历史上，像你这样重的伤势，根本没有抢救的可能，可见你的意志力、求生的欲望是多么地强烈。"

刚住院期间，李健清醒的时候，想得最多的就是家人。他是家里的顶梁柱，如果他坚持不下去，家里的父母、妻儿又能依靠谁？不管医生怎么看自己的伤情，自己必须活下去，决不能放弃希望。李健强忍着病痛的折磨，积极配合医院的治疗。因为烧伤严重，输液时候针都扎不进去，必须两个护士配合才能扎上针。因为腿骨外露，每次翻身对他来说都是巨大的折磨。同事去看望他，他说话的声音都很微弱。

李健的坚强深深打动了医生，经过8台手术的救治，李健终于脱离了生命危险，但右臂彻底失去机能．医生告诉李健，必须截去右臂。开始李健不同意，尝试着截了两个手指头，想胳膊能不截就不截，但是没有成功。胳膊上的组织已经彻底坏死，如果不截去右臂，右上身的身体组织会慢慢一直坏，如果蔓延到心脏，那就彻底没救了，不得已，李健截去了右臂。事后，负责给李健做手术的医生说，李健在做截肢手术的时候都没掉眼泪。

刚失去右臂的那段时间，李健曾经绝望过，麻药过后经常疼得死去活来，又怕自己成为家里的负担。身体的病痛和心理的疼痛把他折磨得苦不堪言。多少回，他都想从病房所在的11楼跳下去。但是，每当他产生轻生念头的时候，想起父母妻儿，家人的牵挂让他放不下这个世界。同事和他帮助过的村民很多都来医院看望他，也纷纷鼓励安慰他。李健终于振作起来，彻底放弃了轻生的念头。

按照医生的建议，他的左腿因为皮肉血管严重坏死，如果不截肢，很有可能会感染到身体其他部位，必须截去左腿才能保命。但是李健坚决不同意："我已经截了一条胳膊，如果再截掉一条腿，那这个人不就废了？手不能拿了，腿再不能走，自己往后还能干啥？"他的朋友同事也支持他这个想法，纷纷给他加油鼓劲。李健把心中的想法说给医生，并且坚持不截左腿。虽然腿没截，但医生明确告诉他："你能活下来已经是个奇迹，往后能站起来就不错了，走路是不可能了。"

在南阳的医院住了8个月零27天后，为了更好地治疗，李健转院到了洛阳正骨医院。在李健"一定要保住腿"的强烈要求下，洛阳的医生为他做了三台手术。为了让左腿接收营养，医生把李健的双腿绑在一起，把右腿的皮肉组织嫁接到左腿上，同时取腰部和右腿的骨头植入左腿，让左腿再造重生。经过一次次艰难地治疗，最终实现了李健"保住腿"的愿望。

腿保住了，李健在洛阳医院住了一年多之后，回到家中康复休养。他的大儿子正在上高三，也无心上学，背着书回到了家中，准备一心一意在家照顾父亲。但是李健夫妇不同意儿子的做法，坚决要求儿子继续回去上学。在家照顾父亲一段时间后，在父母的强烈要求下，大儿子重新回到了学校。李健的儿子本来成绩优异，但是因为受父亲重伤的影响，心理压力很大，那年高考失利，只能复读。

命运多舛，没有什么文化的李健反反复复地想着这四个字。李健的心里也是百感交集，遭遇这飞来横祸，活是活下来了，可是要怎么活下去呢？很多个黑夜李健根本无法入眠，他不敢去想以后的路该怎么走。原来他一直觉得只要肯努力，只要他的一双劳动人民的手足够勤劳，日子总会好起来的。他看看不复存在的右臂，伤痛还历历在目，但更难的是前路，可是，有没有路也必须走下去啊！这个汉子看了看隐忍着剧痛忙碌的妻子，父辈传承的坚韧品质更是逼着自己必须坚强起来。

农村的夜静默得可怕，但李健的心里已经有了坚定的答案：

只要人在，一切都在。

三 身残志坚扔拐杖，艰难困苦磨意志

回家后，李健有半年多的时间躺在床上，因为左腿骨都是移植的骨头，整个左腿严重变形，李健在床上都不敢活动，生活完全无法自理，必须家人时刻照顾，身体的疼痛也时刻折磨着他，严重的时候吃止疼片都没有作用。

在旁人看来，李健这辈子就这样子了。但是，这个坚强的农村汉子没有放弃，每当他看到勤劳的妻子，年迈的父母，可爱的儿女，都重新燃起生活的希望。"那时候，我想得最多的就是家里的情况，一直跟着我的小弟是二级残疾，父母都跟着我，年纪也大了，老父亲已经80多岁了，儿子、女儿都正在上学。我就想着，要是我起不来了，走不成路了，家里老小怎么办，我是家里的顶梁柱，无论如何我也得站起来，也得走路。"李健回忆道。

为了早日康复，李健忍着身体的疼痛，开始锻炼。常言道，伤筋动骨一百天，一般人骨折都要几个月时间恢复，李健的情况可比骨折严重多了。最开始，李健慢慢在床上挪动，后来，李健扶着床，脚尖

着地，尝试着下床行走。等左腿稍稍恢复，李健又开始拄着拐杖，慢慢地走来走去，由屋子到屋外再到田间地头。有时候扶着板凳来回挪，或拉着楼梯硬在楼梯上上下活动。李健以惊人的毅力咬着牙坚持锻炼，从不能下床，到拄着双拐站起来，再到换成单拐走路，那段时间，李健不知摔了多少跟头，身上总是红一块紫一块。

李健把情况和医生沟通，医生却并不看好他能恢复，直言不讳地告诉李健："你的情况，就是再坚持锻炼，就是再恢复，最多也是恢复到马蹄脚那种程度，拖着地一点一点往前挪，就算能走也一辈子离不开拐杖。"

和以前一样，李健仍然没有因为医生的"预言"而放弃。不仅没放弃，他反而感谢医生"鼓励"了他。医生还告诉李健，人的肌肉就跟橡皮筋一样，如果真有恒心，就坚持锻炼，只要坚持锻炼，腿肯定越来越好。李健牢牢记住了这句话，他每天醒来后躺在床上第一件事，就是用脚使劲蹬床头，并逐渐增加自己的活动量。半年时间过去了，李健用坏了几条拐杖，不知道穿坏了几双鞋。功夫不负有心人，他终于可以丢掉拐杖慢慢地走路了。虽然腿上还钉着钢针，左腿经常疼痛，走路走得也很慢，但李健对自己有了信心，觉得只要坚持活动，腿一定会逐渐恢复，走路也一定会越来越快，迟早能像普通人一样劳动生活。

曾经有人问过李健，从一个正常人到残疾人，内心有着怎样的煎熬。他坦然地说，有些事儿，你躲不过去，与其终日唉声叹气，不如面对现实，不幸是打击，不幸也是一种历练，因为，它让自己感受到另一种艰苦的生活，就人生经历来说，也是一笔财富，从某种意义上说，对不幸也应该表示谢意！

就这样，凭着惊人的毅力和信念，李健再一次打破了医生"就算能站也不能走，就算能走也离不开拐杖"的预言。

当能走路的李健想要重新开始生活的时候，他才知道家中为了给他治病，不仅花光了全部积蓄，还欠下许多债务。李健住院期间，前后花费了 40 多万，这对于一个普通农村家庭来说，无疑是一笔巨额资金，即使后来离开医院，他也离不开药物，这又是一笔大额开支。雪上加霜的是，李健住院期间，他年迈的父亲为了借钱，被人骑电车撞伤，大腿骨折。得知肇事者家庭情况并不好，善良的李健父亲仅仅让肇事者带他到医院花几百块钱拍了个片子，并没向其索要医药费、赔偿金等费用，治疗李健父亲的伤势也花了一大笔钱。本来李健家里以前还稍有积蓄，但是这一两年下来，家里积蓄全无，还借了不少外债。

李健作为家里唯一的劳动力，他倒下的这段时间，家里不仅没了经济来源，还一直在大额花钱。为了借钱，李健的家人也没少看人脸色，听人冷言冷语是经常的事。李健着急着想改变家里的现状，当时他虽然刚能走路，但身体还没完全恢复，加上失去了右臂不可能再做电工，想给人打工也没人愿意用一个残疾人，那时的他，真可谓上天无路、入地无门。看着年迈的父母、弟弟、两个正上学的孩子，还有家里的一张张借条，刚能走路、能自理的李健陷入了深深的自责和低落。

正当李健陷入低谷的时候，党的脱贫攻坚政策重新点燃了李健生活的希望。2014 年，根据政策，李健被评定为深度贫困户，时任埠江镇镇长、现任桐柏县教体局党组书记的王诗东成为他的帮扶责任人，与李健结成了帮扶对子。当时，王诗东作为埠江镇镇长，在选帮扶对象时，有意选择了那些最困难的、脱贫任务最艰巨的贫困户作为帮扶对象。"为什么我要选择李健家呢？第一，李健家里人口多，七口人，在农村已经分过家的七口人还是相对少一点，大多数农村家庭分家后都是三四口人，他家七口人，这是一点。第二，李健家是个特殊家庭，七口人里两个七八十岁的老人，两个孩子正在上学，两个残疾人，他本人残疾，弟弟残疾，妻子又三天两头生病，家里不断药，需要花钱的地方很多，而李健又残疾了，失去了劳动能力。李健这个人又善良，他出这么大事，他的兄弟们要每个月给他拿钱，还想把父母、弟弟接走轮流照顾，他都拒绝了。他家里的脱贫任务很重，所以我选择李健作为帮扶对象。"王诗东回忆说。

李健家开始享受贫困户政策，从此李健的生活掀开了新的一页。

对一个濒临绝境的人来说，一点点光就是全部的希望。在李健最困难的时候，党像及时雨一样带着精准扶贫政策浇灌了他干涸的心灵，也给这个岌岌可危的家庭带来了无限的生机。

四 船迟又遇打头风，枯树开花又逢春

刚被评为贫困户的李健，对生活一筹莫展。那时候，扶贫政策刚刚出台，他对此并不了解，也不认为能给自己带来啥改变，他不知道自己该干啥。对此，王诗东看在眼里，记在心里。"我刚去李健家帮扶时，他的情绪很低落，很悲伤，整个人垂头丧气的。"王诗东看到了李健的低落，也深深理解这种情绪，"作为农村的一个男劳力，正是顶天立地的时候，李健却身体残疾不能为家里创收，反而成为家庭的负担，给家里带来许多债务，他有这种情绪也是正常的。"

王诗东走街串巷，深入调查，掌握了李健的详细情况。根据李健头脑灵活、性格开朗的特点，王诗东决定首先从思想上开导李健，让李健能迅速振作起来。不分节假日，王诗东经常到李健家中与他聊天，一方面倾听他的想法，另一方面根据他的实际情况鼓励他自己做事情。"王诗东书记是我的贵人，他那个人我一直搁内心里佩服，干事说话，都奔到我心坎里。他说得最多的是，你一定要相信党，党不会忘记每一个群众，习总书记提出的精准扶贫政策，就是为了能让贫困户都过上好日子，能让大家都吃得饱，穿得暖。他跟我说，你别看你家庭现在这个样子，你也没有经济收入了，打工也没人要，其实大家都是农民，都从苦日子走过。你小时候家里的情况和现在差不多吧，那时的你怎么坚持下来的？你以前干矿工、拉货、种葡萄、种木耳、当电工，生活不也是慢慢好起来了？你不要看现在好像一筹莫展，那是你没有下定这个决心去做一番事儿，只要你找对路子下决心去干，坐在屋里啥也不干，你是等不到好生活的。只要你干，人为啥说'干活'这两个字，越干越活，首要的是活着、活动，人就是活动了你才有精气神，才有经济收入来源，才能真正改变生活。王书记来家看我，还经常给我带些名著，让我烦躁的时候多看看名著，心情就能慢慢调整。"李健回忆说。

在王诗东负责的几家贫困户中，对李健家，王诗东付出的心血最多。"李健这个人脑子比较灵活，出事之前也一直在做小生意，而且都做得不错。虽然失去了右臂，但能走路，左手还能劳动，脑子也没受伤。而且他又享有贫困户政策，到户增收每年入股分红，孩子上学都有教育补贴，享受到了医疗合作大病救助政策，生病不作难。他的弟弟也有最低生活保障，家里残疾人都享受到了残疾人生活补贴和护理补贴，就连种地都有化肥和种苗补贴，一家最基本的生活不愁了吧。他又善于学习，所以我觉得只要他肯发挥聪明才智，不被困难压垮，肯定能走出困境。"王诗东认真分析了李健的情况，指明他的优势，给他精神鼓励。村干部们也经常找李健谈心，对李健关心备至，希望李健早日走出困境，乡亲们和以前受过李健帮助的人们三天两头上李健家，对李健家嘘寒问暖，力所能及地给他帮助。身边人的热情之火，点燃了他生活的信心，在大家的鼓励下，李健决定重新"干事"。

李健多方打听，了解到那年邻乡的葱供不应求，都卖到了南方和中国香港，加上种葱的技术容易掌握，种葱还能顾家，李健和王诗东一合计，决定租地种大葱。

说干就干。李健找亲戚朋友借了20多万作为本钱，又在王诗东的协调下，租了100多亩地，学习技术，购买种苗，2014年，他开始种植大葱。

万事开头难。作为一个健康人，种植100多亩作物都很困难，更何况李健这个严重残疾的人。刚开始栽葱苗的时候，天不亮田地里几乎是一个人都没有，只有李健天没亮就到地里，浇水、施肥、栽苗，一干就是一天，天黑了才回家。天天如此，几乎没回家吃过中餐。饿了，就啃几口随身带的馍，或者干方便面就凉茶水。

"大葱看起来好种，其实很有讲究，想栽好很难，每棵葱的间距得掌握好，还得栽匀实，还得栽得直，不能弯，否则影响以后葱的品质。你要把根栽弯，那葱长出来是弯的，长出来弯葱就影响价钱，这东西都有讲究。"说起种葱，李健说得头头是道。

那段时间，李健的劳动量非常大。因为长时间地活动，他的左腿伤口处往外流血水，伤口长时间没有愈合，李健都顾不上。那时的他，简直把这百亩大葱看作自己的命根子，憋着一股子干劲，急于脱贫，就想干出个名堂来。直到6至7月份把大葱苗栽上了，李健才被家人用轮椅推着，到洛阳治疗。医生检查后，告诉李健，因为他过量劳动，左腿骨出现了轻微感染，血液流动困难，后来移植的腿骨之间缝隙变大，不得不做手术填充骨头间的缝隙，李健再次住院半个多月。

四　船迟又遇打头风，枯树开花又逢春

功夫不负有心人。到了收获的季节，李健地里的葱收成很好。"那葱长得好得很，最长的葱都长到了胸口，看着真是喜人，不少人都过去照相，那葱确实漂亮。"回忆起那时候大葱的长势，李健把手放在胸口兴奋地比划着说。

努力不一定有收获。谁能想到，2014年的大葱虽然获得了丰收，年终上市时，却因为种植量太大而遇到了滞销，葱卖不出去。上年当地的葱一斤能卖几块钱，而今年的葱上市直接收购价就是4毛5分，还一天一天往下降，最后降到一毛一斤还不好卖。李健第一次种植葱，不清楚行情，也不知道跑市场，王诗东一直帮着李健找销路，还建议李健尽快把大葱先往周边地区销售。但李健固执地认为，葱价一定会再涨起来，结果只能眼睁睁地看着葱的价格一天比一天低，甚至烂到了地里随便人去拔，最终葱都没卖出去。不考虑人工费，李健直接赔了25万。

"回头想想，其实当时可以不赔的。我总想可能以后价格会涨，谁知道后来葱价一直降，再后来根本没人买。实际上如果按最初的那个价格，不说大赚，最起码能保本。"对于这段失败的经历，李健认为主要是缺乏对市场信息的把握，只知道闷头种，不知道搞营销。

刚刚燃起生活的信心，又付出那么多努力，不仅没收获，还赔得血本无归，李健第一次对自己的坚持产生了动摇。本来因为伤残家里欠债就没有还清，种葱又赔钱，又欠了一大笔债务。他很迷茫，干事咋就这么难？路在哪里？还是否要坚持走下去？

祸不单行，在李健卖葱正赔钱的当口，79岁的母亲又突然得了心肌梗死，送到医院不过一天一夜就去世了。"一个是李健遭受这个不幸，他母亲看在眼里，疼在心里；二是经济受大损失，他母亲看在眼里，疼在心里；三是他这么顽强、这么拼，他母亲看在眼里，疼在心里。他母亲一直承受着巨大的压力，这是导致他母亲去世的一个重要原因。"王诗东说。

母亲去世对李健的打击无法形容，"那时候真是啥也不想干了，心里还特别愧疚，特别是对我妈。"李健和母亲的感情特别深，母亲发病之前正是李健卖葱最忙的时候，他每天早出晚归，母亲就每天搬个板凳坐在门口等李健回家。因为那时是冬天，不仅特别冷而且天黑得很早，母亲每天都在门外坐到天黑，看李健回家了才肯回屋。

"我妈最心疼我，她心细，还爱操心，那时候我去卖葱，回来我妈就问我卖了多少钱。家里借了那么多钱，她心里比我还着急。我就觉得我妈是因为担心我才去的，我现在一想起我妈就想到大冬天晚上她坐在门外等我回家的画面。从小有啥好的我妈都留给我们，她都没享过啥福，我拖累了我妈一辈子，她还没跟着我过上好日子，就不在了，我对不起我妈……"提起母亲，李健语无伦次，再也没能忍住眼中的泪水。

料理完母亲的后事没多久，不幸再次降临到李健身上。2015年，李健的妻子付家六积劳成疾，患脑出血而偏瘫了，大半个身子毫无知觉，无法活动，送往医院紧急治疗。李健的儿子在外地上大学，请假回来照顾妈妈，在医院待了不到半个月，李健夫妻就让儿子回校，李健又是个残疾，照顾妻子也是力不从心。

"2015年夏天，我爱人在重症监护室里住了有五六天，我就睡在医院大厅的椅子上，我觉得睡醒流泪的次数可多了，哭醒的次数可多。我一个烂摊子，走路走不好还只有一个手，就这个样子一个手在医院里照顾她，别的病号家属看我不好干，经常给我帮帮忙，亲戚朋友们也经常过来搭把手，王书记和其他党员也没少过来，唉，那段时间真是……"李健摇摇头。

经过一个多月的住院治疗，花了6万多元的医疗费，付家六的病情得到了控制，但是，基本丧失了生活自理能力，虽然事后努力锻炼康复，但是只有右腿和右手能活动自如，左手和左腿行动不便。那个时候，李健几乎崩溃了。家中巨额外债，瘫痪的妻子，80多岁腿部骨折的父亲，两个上学的孩子，患有痴呆症的弟弟，一层层的重压，让他束手无策，几乎彻底绝望了。李健自己说，那段时间真是被窝里都流过眼泪，现在都不愿回忆。

对于李健的情况，王诗东看在眼里，急在心里，他生怕李健一蹶不振，比原来更加频繁地去李健家里找他，继续做李健的思想工作，鼓励他摆脱消沉、重新干事。王诗东对李健说："像你家庭出现这样的情况，三个重度残疾，一个老人，两个学生，如果你自己不能站起来，说句不恰当的，谁也帮不了你。扶贫这块只能解决一时的困难，只能让你有最低的生活保障，你要想家庭彻底摆脱困境过上好日子，你非得自己振作起来干实事，指望别人是不现实的。"

在王诗东的鼓励下，李健很快又恢复了干劲，开始正视困难。王诗东陪着李健一起分析，认为种葱失败，主要原因就是市场信息掌握不充分，盲目跟风，又不去主动找销路。知道了失败原因，李健吸取教训，亲自去外地了解行情，开阔视野。

经过充分市场调研，李健了解到因为2014年底大葱收益不好，农民纷纷改种其他作物，大葱种植较少，仅付楼村的大葱种植就由2014年的5000多亩缩减到2015年的不足500亩，2016年有大葱供不应求的可能性。"我跑到新野打听，新野那儿卖葱籽的，有两三家我去问他们，我专一去问他们，我说你这葱籽卖了多少啊？有一家说了，连去年的十分之三都不到，有个跟我说，他连五分之一都没有，甚至有的说他连十分之一都没有，你想想那一年种葱量都小到什么程度。"

李健跑了武汉、郑州、荆门、洛阳、驻马店、平顶山、亳州等20多个城市，和很多蔬菜商建立联系，这些蔬菜商都很明确地告诉李健，继续种葱，有多少他们收多少。于是李健决定继续种植大葱，从哪里跌倒就从哪里爬起来，他有信心这次再种大葱一定赚钱。

可这时候，亲戚朋友们都不再支持他继续种大葱，觉得他再种也是瞎折腾，已经赔了那么多，如果这次再赔，恐怕他真的一辈子翻不过身了。最让李健难受的是，有个常年在外打工的亲戚，几次三番到家里找他，劝他去大城市天桥上要饭。亲戚说，只要李健坐到天桥上，把残胳膊和残腿露出来，往地上一坐就会有人给他钱，发财不敢想，养活两个学生，让一家人饿不死，肯定绰绰有余。

"这个亲戚给我说了很多次，让我去大城市天桥上要饭。他在大城市卖花，对天桥要饭的人比较了解。他给我说，在大学门口天桥上，那残疾人放个碗，一天收入一百多，一天一二百，他说你就弄个碗，一天一二百，你看一月也五六千块钱。他觉得这是我唯一养活全家的法子。"李健说。在农村最没志气的人才会去要饭，所以他听到亲戚让他去要饭觉得很生气，觉得人家瞧不起自己。同时他也意识到，在许多人眼中，失去一条胳膊的他已经是个废人了，不可能再做成什么事情。"生气归生气，我知道人家初衷也是好意。可我坚决不会去要饭。一是丢人，不仅自己丢人，还让老人和孩子丢人，小孩儿以后他会是啥心态？你不管是养活着他，或者是供他上学，他觉得你给他的钱都是伸着手跟别人要来的，对他心里啥影响？让别人知道又该怎么看待他？不能让别人说我孩子他爸是个要饭的。另一方面，别人越是觉得我是个废人，干不成什么事，我越想干点事情让别人瞧得起。我也并不是真正不能干了，我虽然说少个胳膊，但咱勤能补拙，正常人一天时间能完成的工作，我就照他三天做，慢点也能完工。我不是混日子的，不服输、不怕苦难、不向命运低头，我比一般人要坚强得多，只要思想不滑坡，办法总比困难多！"儿子的一句话更是让他浑身充满了动力，"爸，赔了没事儿，这说明你又重新站起来了，能干事了，咱振作精神，继续苦干就是了！"

于是，李健又鼓足干劲开始种葱，不仅种葱，他还开展多种种植，到驻马店市、西峡县及湖北省一些地方学习食用菌、蔬菜种植技术，王诗东还提议他种植玉米、水稻和树苗。他把周边的所有城市都跑遍了，与各大蔬菜市场批发老板交流，互留联系电话，与省外的蔬菜批发商保持联系，根据市场需要，通过电话网络沟通，供应市场需求。没钱了，地租先欠着，肥料先赊账。这一次，因为提前掌握了销售信息，摸透了市场，打开了销路，经过苦干实干，在县、镇、村三级"志智双扶"下，2016年，虽然那年大葱收成不算好，但是李健仍然赚了不少。他承租100多亩土地，种植了60亩大葱、20亩花生、16亩玉米、5亩枇杷树、4.3亩水稻，加上贫困户入股分红、种粮补贴等收入，李健获利颇丰，扣除工本、还了欠下的外债，净赚13万多，已达到脱贫条件，并且远远超出了脱贫线。于是，2016年，李健顺利脱贫。脱贫后，李健继续奋斗，收入一年比一年高。

回忆起这段经历，李健这么说："我与许多外地的批发商进行业务往来，其实很多都没有见过面，靠的是诚信，诚信立人，大家有了信任，啥都好办。现在，我种的东西卖到外省都不愁卖不出去，不怕困难重，就怕被困难压倒。想真正脱贫，第一是有党和政府的好政策，第二是靠自己真干，只有干出来成绩，别人才知道，我这个残疾人也能通过一只手致富！现在习总书记不是常说嘛，幸福是奋斗出来的。"

李健面对挫折不气馁，不服输，愈挫愈勇，用事实证明，身体残疾并不可怕，只要思想不滑坡，残疾人照样可以脱贫致富，成为小康路上的先行者。

未曾哭过长夜者，不足以语人生，但生活根本没有给李健矫情的空隙。他像一个勇敢的战士一样，挥舞着用坚强炼成的武器，与生活这个怪兽不停地战斗，愈挫愈勇，百折不挠。即便是残疾的身体，他也不允许自己的思想有一丁点儿松懈和软弱。一定要脱贫，要让家人过上好日子，不辜负党的一片苦心。他相信自己一定能行。

李健看了看东方渐白的天，又一次与晨曦作伴投身于碧绿的田地里。

五 饮水思源感党恩，念如磐石终入党

物质上致富后，在思想上也要继续进步，才能保持"富而思源、富而思进"的精神动力。经济好转的同时，李健的思想也在迅速升华，他深知，没有党的关怀温暖，他根本看不到生活的希望，党的无私帮助和无微不至，深深地打动了他，他从心灵上真正感受到了党恩如山。

早在脱贫之前，一个想法就在李健心里挥之不去："我要入党！"说起入党的动机，李健特别激动："感激，非常感激！我从不相信天上会掉馅饼的事，但是党对我的帮助，真真实实的幸福从天而降。正是党和政府倾心倾力的帮助和扶持，才使我这个曾经处在崩溃边缘的家庭顺利实现了脱贫，信心满怀踏上了奔向小康的康庄大道。"

饮水思源。李健享受到了党的政策关怀，并切身体会到了党员干部的无私帮助，最终在党组织的帮助下走上致富路。他摘掉"穷帽子"，离不开脱贫攻坚政策的深入推进，离不开党员干部的贴心帮扶，离不开党组织的关怀扶持。正是亲身感受到党组织的关怀和力量，李健才自觉用党员标准严格要求自己，迫切想加入党组织，希望能带动其他

贫困户脱贫，为村民做更多实事，以此表达自己对党的感恩之情。

在李健住院到在家养伤的那段时间，原单位和村里的党员时常去探望他，给他鼓励和力所能及的帮助。李健的家人有时不能在医院照顾他，桐柏电业部门的几名党员轮流去医院细心照顾看护，李健回到家中养伤，村里的党支部成员几乎每天都要到李健家探望，做家务，帮着李健锻炼恢复，农忙季节，村里的党员又帮他家干农活。李健的父亲骨折受伤，又是党员们跑前跑后，减轻了李健家很多压力。诸如此类的事情很多很多。党组织对李健的帮助，李健看在眼里记在心里，有了向党组织靠拢的想法。在家人和其他党员的支持下，李健2013年向党组织郑重递交了入党申请书。

递交入党申请书前，李健对加入党组织是一种向往，在李健被选为贫困户后，李健更加深刻地从内心深处感受到了党组织的温暖和关怀，特别是王诗东成为他的帮扶责任人之后。根据李健家的实际情况，王诗东帮他申请享受贫困户政策，到户增收每年入股分红，两个孩子上学都有教育补贴，家里三口人享受到了医疗合作大病救助政策，他的弟弟也有最低生活保障，家里残疾人都享受到了残疾人生活补贴和护理补贴，免费的技术培训，种地有化肥和种苗补贴，全家最起码的生活有了保障。如果不是党的政策帮助，李健认为自己根本没有翻身的机会。

王诗东对李健的帮助指引，是李健迫切入党的另一个原因。刚成为贫困户时，王诗东不分节假日，经常上门找李健聊天谈心，不厌其烦地给李健鼓劲加油，还竭尽所能帮李健解决生活上的困难。李健决定重新做事时，王诗东为他出谋划策，找致富门路，多方筹措资金，申请土地；种葱失利后，王诗东鼓励李健不要被失败打垮，为李健深入分析，对症下药，重新规划；大葱上市销售时，王诗东帮李健找市场，拓销路；李健生病时，王诗东又带着其他党员送李健去医院。除王诗东外，村里其他党员对李健脱贫致富也付出了很多。对于王诗东和其他党员的关心帮助，李健铭记在心。通过切身体会，李健真真切切感受到了党组织的关怀温暖，党员的亲切感、责任感和无私奉献的精神深深打动了李健，他更加迫切地想成为一名党员，也为别人多做好事。

提起入党这段经历，李健就像打开了话匣子，滔滔不绝："如果不是党的扶贫政策，我不可能有今天的生活。被定为贫困户时是我家里最难的时候，我家的房子得到了翻修，孩子上学有了教育补贴，我享受了医疗合作大病救助政策，自来水通到了家里，还享受到了化肥和种苗补贴，还有每年的入股分红。这些党的帮扶政策，让我的家庭在重创之下基本生活仍能得到保障，正是这些雪中送炭，让我很快重新燃起对生活的希望。我享受着这些大病医保、残疾补贴、学生两免一补等，一是党的政策好，过去解放前饿死的人多了，死都不知道怎么死的，谁来关心你？第二个，党的干部好，你看这书记、镇长，素不相识地帮我，人家凭什么帮我？一方面落实党的政策，另一方面党的干部真是掏心窝儿地跟我分析问题、聊天，帮助我、鼓励我，干部的素质这么高，境界这么高，干部太优秀了，跟着人家干部学到了很多东西，开阔了视野，坚定了信心，增长了很多见识。特别是王诗东书记，作为一名党员干部，各方面的素质和修养都是我学习的榜样，不仅给我提供了致富信息，帮我致富，而且对我全家的生活关怀备至。我也要入党，也要向他们学习，为大伙儿办点好事。"

李健说:"原本素不相识的人这么无私地帮我,都是因为党,是党派来的。党恩永难忘,我也要加入党组织,实现我的价值。能入党,那是我毕生的荣幸,不能入党,那说明我还不够党员的标准,我也不能放弃,要更加努力提升自己的境界,争取早日成为合格的党员。"

经历过生死与诸多不幸的李健,在人生的晦暗时刻仍然坚持入党,王诗东对此非常赞赏和感动。从个人的信念、个人的理想这些大方面讲,真是党的政策、党的干部感染了李健、影响了李健,让他享受到党的政策和温暖,体验到党的干部对他的关怀厚爱和帮助。李健积极申请入党,并接受党组织的考验,接受党性的锤炼,从而在自身脱贫后帮助更多的村民脱贫。通过李健入党,王诗东深刻体会到,李健不仅是人站起来了,心灵上也真地站起来了。从李健出事到入党、脱贫,他每年都有很大的变化,一直奋进,一直自强,身上一直充满着正能量。

王诗东积极帮助李健学习党的有关知识,进一步从理论上加深对党的认识和了解。王诗东给李健送来了党的理论政策书籍、党章党规、党员学习手册等资料,经常抽空给李健详细讲解重点词句。之后,李健不管每天多忙,都要抽出时间学习党的理论知识,由于文化水平不高,起初学得吃力、觉得有些枯燥,可是后来越学越有劲,越学越有精神,他把党的理论和自己的亲身经历深入结合,慢慢地对习总书记"小康不小康、关键看老乡""脱贫路上不让一个老乡掉队""人民对美好生活的向往就是我们的奋斗目标"……这些老百姓能听懂的暖心话有了更加亲切的感受和较为透彻的理解。

通过一遍又一遍对党的政策理论的学习,李健从思想上和实际生活中,都切身感受到了中国共产党是全心全意为人民服务的党,是伟大光荣正确的党，是永远值得信赖和依靠的党，是值得加入和为其奋斗终身的党。

李健通过自己的努力，思想和行动上共同进步，已经具有一名共产党员应有的优秀品格。经过党组织的严格考核，2015年6月25日，李健如愿以偿，光荣入党。当他听到党组织宣布他成为一名中国共产党党员后，这个做截肢手术时都没在手术台上掉过泪的坚强汉子，再也忍不住，热泪盈眶。

六　牢记初心帮村民，薪火相传递关怀

脱了贫，生活不再发愁；入了党，思想也得到了极大升华。"求木之长者，必固其根本；欲流之远者，必浚其泉源。"无论何时何地，李健始终不忘共产党员的初心，他深知，是党的温暖关怀才让他过上如今的日子，他有义务把这份温暖和关怀传递下去。

李健把目光投向了自己生活的这个小村庄。付楼村是远近闻名的贫困村，地理位置偏远，交通不便，普通村民的思想较为落后，全村贫困户就有235户，还有残疾人83人，村民们大多数生活水平较低。李健想起自己脱贫前的日子，想起了自己入党的初心，想起党员的责任，下决心帮助大家过上好日子。

毋庸讳言，李健也知道，在付楼村中，极少数贫困户存在"等、靠、要"的消极思想，有的甚至认为扶贫是干部的事情，似乎与贫困户自身无关。李健认为，在党员干部引导和扶持下，这种"等、靠、要"的现象一定能消失。他自己的条件比大多数贫困户都要差，但是通过党组织的引导和党员干部的关怀激励，被激发了强大的内生动力，真正实现了从"要我脱贫"到"我要脱贫"的转变，且并不满足于经济上脱贫，还想在思想上"致富"，实现从"我能脱贫"到"我要帮人脱贫"的转变。究其根源，就在于李健在脱贫过程中，深刻感受到了党员干部的先进性，感受到了党组织的先进性，思想觉悟有了较大提升，从而积极追求进步。他深有体会，对陷于困境中的人，外在帮扶固然可以激发作为，而自身的成就感与价值感，才是提升格局与境界的必经之路；人生的理想与价值，在自身实践收获的认同中、在对社会的奉献与回报中，得以巩固实现，这就是一个合格党员的追求。现在，他要积极实现自己作为党员的人生价值，把党给他的关怀温暖传递下去。

"为什么我要入党？就是因为在党的关怀下，我才实现了发家致富，我感激党。现在，我自己富了，也入党了，我不能忘记自己入党的初心，我应该想着如何帮着身边的贫困户也发家致富。我困难时，乡亲们纷纷给我帮助，我有能力了，肯定要回报乡亲们。我入党，不就是为了实现人生价值、发挥党员的先锋模范带头作用吗？"李健这么想的，也是这么做的。他秉承着一名共产党员的信念与担当，决心帮助其他村民脱贫。

李健承包了几百亩地，种植大葱、木耳、香菇等作物，招呼本村的贫困户前去帮忙，给予较高的报酬；免费为村民讲解、传授技术，帮村民引苗育种，跑销路，介绍客户；购买了打花生机，免费为村民们处理花生；麦子收割季节，他又联系收割机，帮村民收割麦子，还自己花钱找车帮村民们运输麦子；有村民想出去打工的，他又利用自己跑市场时积累的人脉，为这些村民介绍工作。诸如此类事情，李健做得很多，他总是想方设法、竭尽所能地帮村民们增产增收。

因为有了掌握市场信息的经验和渠道，李健一直坚持种植大葱。2017年，虽然葱价再次暴跌，李健却没有像第一年那样赔钱，仍然赚到了钱。村里的其他葱农没有李健的门路和信息，眼看着大葱卖不出去，要重蹈李健的覆辙。在这种情况下，李健不遗余力，积极帮葱农联系销售渠道，能卖出去的卖出去，不能卖出去的，李健冒着赔本的风险全部收购。就这样，李健帮助葱农以适当的价格处理大葱30多吨，不仅帮葱农挽回了损失，还有所盈利，在周边的葱农都赔本的时候，付楼村的葱农却赚了钱。提起这件事，付楼村的许多村民对李健至今感激不已。

李健在付楼村还是出了名的"有办法"。对此，好友任得委深有体会："比如，他因为事故残疾了，还能身残志坚地种葱，他一个胳膊种地、做生意，还经常给别人帮忙。俺这地方种大葱的多，曾经有熟人葱销售不出去找我帮忙。我给李健打一个电话过去，把情况跟他一说，他立刻派车去把人家的葱都拉上，宁肯把自己的葱少拉点，也要帮别人把葱卖掉。还有一年收麦的时候，许多人的麦都调不出去，我们村有一个关系好的晚辈找到我，想让帮着把他的麦子调出去。我又是找到李健帮忙，他二话不说帮忙找了一个大车把人家的麦子调了出去。一方面，李健确实有能力、有办法，另一方面他为人热情，别人都愿意和他打交道。"

渐渐地，大家都知道李健有头脑，懂市场，路子广，跟着李健搞种植，基本没啥风险，于是李健成了付楼村村民们增收的定盘星、风向标，李健提议别人种植啥，这人就种植啥，都是稳赚不赔。在李健的带动下,村民们的腰包都鼓了不少。

"帮助村民赚钱的那种快乐,和自己赚钱还不一样,那种快乐里带着一种骄傲。"说到骄傲时,李健有些害羞地微笑。

李健不仅全心全意帮村民们增产增收,在其他方面也发挥着共产党员的模范带头作用。有一次,一个村民因为某些问题得不到满意处理,要去越级上访。村里其他人都拦不住,李健知道后,开车追上这个村民,给他耐心地摆事实、讲道理,告诉这个村民越级上访是违法的,有什么问题争取村子里解决,不能去影响机关的正常工作,他也会尽力帮忙。经过李健耐心劝阻,出于对李健的信任,这个村民终于放弃上访。最后,在李健多方协调下,这个村民的问题得到妥善处理。

还有一件事,让付楼村的村民记忆犹新。几位村民因为承包一个窑厂引发了占地问题,分成两方发生了纠纷,双方各提各的要求,越闹越大,以至于打架斗殴。村里多次组织协调毫无作用,到镇里的司法所处理,司法所人员没少给两边做工作,调解了一年多,两边还是各不相让,调解无效。接着到县法院打官司,法院判决后,败诉方不服,又上诉到市中院。市中院又发回县法院重审,县法院又安排到另一个镇的法庭审理,这个法庭也是无法达成让双方满意的结果。处理了这个纠纷,又出来那个纠纷,一个接一个,法官都无奈了。折腾来折腾去,足足折腾了五年,还是毫无结果。光律师费都花了几万,耗费了大量的人力物力,甚至法官都被骂了好几次,双方也是精疲力尽,但还是互不相让。

当时的驻村第一书记和村主任反复调解,还是无效,考虑到李健群众基础好,和双方关系都不错,脑子又活,于是请李健参与协调此事。这个官司法院都处理不了，贸然参与还可能得罪人，但李健没有考虑这些不利因素，首先想到的是一名党员的责任。他全力以赴，参加了不下十次的调解。

刚开始找双方协商时，有人对李健并不欢迎，直接给李健说："你要是找俺说话，俺欢迎，你要是想管这事，不是俺说你，你不中。纠纷不纠纷，关你啥事，谁让你管俺的事？"冷言冷语并没有让李健退缩。他毫不气馁，不厌其烦地做工作，讲道理。"你打官司得请律师，律师费都没少花，就我知道的，一回两千，四回都八千。你还得管着人家饭，那到处都是花钱，这些年折腾下来你算算花了多少？又少干了多少活，损失了多少？"李健对他们说："都是乡亲们，不能因为这个事儿常年纠结下去了，你们闹下去也不是个事，影响也不好，你们总不想一出门就被别人指指点点吧？低头不见抬头见，各退一步海阔天空，处理了纠纷大家还是好邻居。"经过李健的耐心劝说，双方各让一步，达成了让双方都满意的结果，到法院撤了诉，圆满结束了这件长达五年多的纠纷。通过此事，李健在当地的威信更高了，村民们有个什么矛盾纠纷，都习惯找李健解决。

面对他人的赞誉，李健情真意切地说："我最初入党是因为党的政策、党的干部感动了我、帮助了我。不仅坚定了我的思想和意志，同时实实在在地让我从生活上感受到了党的关怀与温暖。我现在是党员了，就要发挥党员作用，从精神上和物质上都给他人尤其是贫困户力所能及的帮助关怀。时代在变，时间在变，不变的是共产党员对群众的温暖关怀。不忘初心，牢记使命，我既然入了党，就要把这份温暖关怀传递下去。"

六 牢记初心帮村民，薪火相传递关怀

七　独花开放不是春，百花齐放香满园

农村经济的发展，很大程度上取决于农村党员的能力和水平。村支书一手托百家，是村民的主心骨、当家人。李健所在的付楼村，自从2014年前任村支书离职后，一直没有正式村支书，村里的工作没有人牵头，缺乏凝聚力，班子成员有劲使不到一块去，给工作带来不少阻碍，村里积累问题很多，不少村民对村班子都有意见。镇里党委也一直牵挂着付楼村没有村支书的事，但迟迟找不到合适人选。

2018年年初，付楼村党支部换届选举，因为李健乐于助人，群众基础好，几个老党员找到李健，鼓励他去竞选村支书："虽然你少胳膊瘸腿，但是你心善，脑子灵，能吃苦，敢闯敢拼，村民都信你，你咋不去竞选村支书呢？"

李健也有自己的想法。他不遗余力地帮助村民脱贫致富，改善生活，但是，他一个人的力量毕竟有限，村里有人听他的，能带动的也只是身边一少部分村民，对改变全村的面貌，李健还是心里没底。李健想，如果他能当上村支书，那他就能从整体上做好付楼村的脱贫工作，带着大家一起干，不再是以前那样凭自己个人影响力来带动大家，才能真正把共产党员的责任发挥好，真正让大家跟着党过上好日子。李健不图当官啥的，就想干出一番事业，做个合格党员，通过自己的身体力行，让大家伙儿都能感受到党的关怀，上不负组织，下不负乡亲。

但反过来，李健内心深处又有些犹豫。毕竟自己是一个残疾人，首先这个形象就不太好，说出去，付楼村选了个独臂加瘸子当支书，怕外边笑话；再一点，除了20多年前当过一段时间的小组长，他没有任何当领导的经验。虽然他也帮助村民致富，也没少帮村里干活，但那是他的个人行为，村支书要考虑的是整个村子的情况，他怕自己不能胜任。

王诗东看出了李健的顾虑，了解他的想法之后，便鼓励李健："你去竞选。这对你、对全村都是好事，你脑袋瓜灵活，而且你本身又是个脱贫的现实例子。村里人对你都很了解，你没少帮别人，大家都信任你，你群众基础好，你带队伍村民听你的，你要有勇气。一是困难可以克服，经验可以积累，关键看你敢不敢干；二是形象不在外表，主要还是看你能不能把村里工作做好，能不能带领大家致富。只要你能让全村人的腰包鼓起来，别人只会念你的好，谁还在意你是不是残疾。百姓其实就需要一个实打实能给他们办事的好支书，拿出你以前的闯劲，大胆去竞选村支书。"王诗东的鼓励让李健有了参加竞选的勇气。许多村民也鼓励李健竞选村支书，李健终于对自己有了信心，准备竞选村支书。

"我是一个共产党员，能过上今天的好日子离不开党的关心和大伙儿的帮助，带领大家过好日子是我作为一个共产党员义不容辞的责任。既然大伙儿都信任我，支持我，那我就去参加村支书竞选。能当上村支书，我就带着全村干，不能当村支书，那我一样发挥共产党人的模范带头作用。"李健说。

"我平时就是喜欢搞一点种植什么的，我就想自己当支书的话，我最起码带动的群众更多，接触的人更多，如果他们都跟着我干的话，如果他们都富了的话，民风什么的都改变了，在镇里面也好，县里面也好，外人都能对咱村子刮目相看。咱也不求当个支书是当官什么的，没有那个心理，我就想把村子治理好，叫各个方面都给它改变得不一样，我觉得也算是一点小私心，就是农村说的显摆显摆自己有没有能力，让别人看看我李健究竟能不能干好。更重要的是，我是一名共产党员，我有党员的自豪与担当，自己富了不算啥，能带着全村人一起富，这才是我入党的初心。"李健的话语非常朴实。

然而，出乎李健意料，妻子和几个特别铁的哥们儿都反对李健去竞选村支书。首先反对的就是妻子付家六。"我不让他当，一是怕他身体吃不消，他身体那样儿，不能干重活，药不断，他也不能太劳累。当了村支书太多的事，我怕他身体扛不住。二是家里的摊子，我身体也不行，一条腿走路不方便，做饭干活啥的都麻烦，两个孩子在外上学，家里还有一个80多岁的老人和智力残疾的弟弟，都离不了人，家里主要还得靠他照顾。三是这几年家里不是贫困户了，收入一年比一年高，他办法多、人际广，挣钱的门路也很稳定，也不需要他干村支书多收那点工资。现在这个家庭过哩很得劲，你何必要操不完的心。"李健妻子的反对理由让谁听了也都觉得合情合理，毕竟李健的身体和家庭情况村里都了解。

除了妻子，李健的铁哥们儿任得委也不支持他当村支书。除了是李健的入党介绍人和多年的同事，任得委还在邻村担任了近20年的村干部，无论是对于李健的情况，还是村里工作的开展情况，他都很清楚。所以，当李健去任得委家里找到他，说起竞选村支书的事情时，任得委也有啥说啥："你千万别当这个村支书。你入党我举双手支持你，你当支书我肯定不支持。首先你身体就受不了，还有这个村啥情况，你还不清楚？我在别的村当了20多年村干部，外面人咋看这个村的，你知道不？为啥一直没有村支书？这个村积累问题一大堆，村支书不好干！你性子又急，干工作指不定谁就说难听话，你给人调解官司时别人嘲笑你的事你忘了？那才是一件事，你干了村支书，这种事多了，指着鼻子说你难听话，你能受得了？你肯定得急。"

作为多年的好友，任得委了解李健的耿直脾气和急性子；作为多年的村干部，他又深知村里的工作远没有李健想象的那么容易。任得委告诉李健，他开始当村主任工资是800块钱每月，现在涨到1000多元每月，要是不干点别的、种点啥，就靠这点工资根本养活不了全家。李健现在收入不错，又有门路，要是单从经济上考虑，就更没必要当村支书了。李健一旦当了村支书就可能顾不了家了，李健家那情况只靠他媳妇一个人，根本照顾不过来。种了那么多庄稼、树苗，没时间去管，也根本没时间做生意，收入还不如现在高，李健损失太大。

除了妻子和好友的反对，党组织对李健竞选村支书也是顾虑重重。开始，党组织并不看好他。有人说，一只胳膊的人也要竞选，难不成付楼村能整出个独臂支书？李健毕竟是一个残疾人，又没有当过村干部，他的能力究竟如何谁也不能保证。竞选村支书之前，党组织也要考虑多方因素，反复地酝酿，仔细筛选候选人。俗话说，火车跑得快、全靠车头带，村支书就是一个村的火车头。因为多方面的原因，付楼村很难选出个合适的村支书。李健虽然发家致富，还帮着村民一起增收，但那只是致富能力，村支书要管的事很多，仅仅有这个致富能力是远远不够的。如果李健成功竞选，他能不能把一个村党支部带起来，把一个村管好，党组织也是有所怀疑的。

"我问了李健一个问题：如果你当选支书以后，你准备做些什么？我现在就代表付楼村全村村民，你站到全村人面前，你能不能把你的工作思路大体准确地说出来？李健提了一些村里的问题，也给出了一定深度的答复，看来他真地对村里的现状深入了解，做了不少功课，他向党组织大致说了他的一些工作想法，具有很强的操作性和针对性。我和其他一些党员不由得对他刮目相看。"时任付楼村驻村第一书记孙端后来回忆说。

"从客观上来讲，李健的生活过得并不如意。但是李健并没有被这些东西压垮，原因就在于他从逆境中起来了，我相信他不会因为生活上的不如意影响工作的。至少目前为止，我认为他的为人处世不是说靠他的大吼大叫或者很强势的作风等这一类的。他做事脚踏实地，并且在不断地学习，不断地思考，我觉得这是他很好的一个优点。他可能对于农村工作没有那么多的经验，相对其他竞选者来说，他除了群众基础比较好，优势并不大。但是反过来讲，假如他当了村支书，以他的性子恐怕他会更积极主动地学习，他有可能更全身心投入、更认真地做好每件小事儿。"

面对各种反对和质疑，李健想了很多。他想到因为自己出的事故，让家人实在承受了太多。父亲为给他借钱骨折，母亲撒手人寰，妻子积劳成疾，儿子高考复读……他一直对儿子深怀愧疚。李健出事那年，儿子上高三，正是关键的时候。李健出事后，儿子从学校赶回来看到父亲的情况，直接从学校收拾了行李回家照顾父亲，说不再上学了。"我知道孩子懂事，他看我这样，不想再花家里钱，所以说不上学了。儿子当时学习成绩很好，在学校里都是阶段前50名，也算不错了，可就是因为我，那年给他耽误了。"说起儿子，李健的眼里又泛起泪光。

儿子在医院照顾李健一个多月，后来在家人的劝说下重新返回学校参加了高考，最后只考了400多分。"孩子耽误了那么长时间，心情又不好，压力也大，都是因为我。"让李健欣慰的是，儿子第二年复读后顺利考上了大学，后来还考取了研究生。李健想到对儿子的愧疚，想到儿子的懂事，还想到第一年种大葱赔了20多万元之后，儿子对自己的鼓励："爸，赔了没事，这说明你又重新站起来了。只要你能干事儿，赔就赔了。"在竞选村支书这件事上，虽然妻子反对，儿子却很支持。想到这里，李健意识到儿子最在意的不是他为家里赚多少钱，而是他又能顶天立地、重新站起来了。

李健想到了家里最困难的时候，党的帮扶政策给他送来了温暖、帮全家渡过了难关；他想到了帮扶责任人王诗东对自己的无私帮助和鼓励，想到最绝望的时候王诗东不辞辛苦地往家里跑，帮他解决困难、鼓励他重新振作；他想到了入党时，自己说过的"要把党给我的温暖和帮助传递下去"那句话；他想到了村里党员们对自己的信任；想到了虽然自己脱了贫，经济条件得到了极大改善，可付楼村的乡亲们生活还都不富裕、整体生活水平仍然偏低。他想，如果自己当了村支书，一定能改变村里的面貌，让付楼村的百姓都过上好日子；他想能为村民办好事，儿子也一定会为自己骄傲。对于曾经的迟疑和思考，李健说："太多理由不让我当村支书，可我想把付楼变得更好。"

终于，李健坚定了竞选村支书的想法。他向妻子保证，自己一定会平衡好家庭和工作，也一定会注意自己的身体；他告诉好友，自己一定会改掉急脾气，心甘情愿为了做村支书而少做生意，不怕损失；他告诉儿子，一定不会辜负儿子的期望，让他以这个父亲为荣！于是，李健再次找到王诗东，这次不是商量，而是肯定地说："为了村民一齐富，我要竞选村支书！"

2018年4月21日，李健参加竞选，如愿以偿顺利当选为村支书，并且得票远远超过其他候选人。回忆起参加竞选村支书的经历，李健说了很多："我是土生土长的付楼村人，付楼村的啥情况我都知道。经常有些群众对村干部不满，好多事情村里解决不了，造成人家越级上访，一堆乱七八糟的事，说实话真是跟一个烂摊子一样，村里比较乱，整个环境都很压抑。村里也太穷，也没人能站出来带个头，带着大家干事情。我就想着，假如我要能当的话，我要真正给村民们办事，把班子团结起来，有劲往一处使，齐心协力带着乡亲们发家致富。现在，我当选了，既然党组织、村民信任我，选了我，那我就不能辜负大家的期望，担起这份责任，一定在付楼干出成绩来，让付楼变成'富楼'！也让外人看看，我李健虽然残疾，但比他健康人干事干得更好！"

王诗东对李健当选村支书的事，这么评价："李健之所以最终能高票当选为村支书，第一，组织和村民对李健的人品信得过。第二，李健干事的激情和那种干事的毅力，深深打动了他人。既然当了村支书，他肯定想做一番事业。他以前没有当村支书的时候，九死一生的情况下他都没放弃希望，当了村支书难道他这种特质会变吗？他只会把这个范围扩得更大，他想带领整个村往上走，在他带动下，肯定有一批人愿意跟随他，聚集在他的身边。这样一来把整个村带动起来，不需要太多，只需要有三五个人就能够带动整个村。李健当村支书，完完全全可以说不是为了自己，他当村支书肯定要作出很多牺牲，但是他时刻想的是共产党员的使命和担当，时刻想的是带着付楼村村民一起奔小康。习总书记在浙江的时候，提了一句话'干在实处，走在前边'。李健一直就是这么做的。"

七　独花开放不是春，百花齐放香满园

八 掌舵领航真不易，党建制度强助力

1

当上了村支书，李健开始全面审视村里的工作。这时，他才真正了解到，付楼村的事有多难干。他把问题想得太简单了，毫不夸张地说，李健接手的就是一个烂摊子。

首先，付楼村基础条件太差了，即使在附近的9个贫困村里也是倒数。2018年以前，全村基本上没一条像样的公路，一下大雨，满村的泥水，出门都难；全村用上自来水的没多少人，安全用水没保障；村里电路老化，供电跟不上，大热天浑身冒汗都不敢开空调，一开准跳闸。至于村民活动室，文化广场啥的，只有个房间场地说明有这些场所，硬件设施基本上是零。

其次，村干部之间、干群之间的矛盾很突出，工作难以开展。付楼村很长时间没有专职村支书，缺乏向心力，村党支部和村委会各自为政，各干各的，村班子有劲使不到一处，缺乏沟通，不够团结，给工作造成了很大被动。村子落后闭塞，大多数村民的思想觉悟也不够

高，村民之间的纠纷也不少，今天我的羊啃了你的庄稼、明天你家的狗咬了我家的猫，诸如此类，大事没有，小事不断。再加上中国乡村普遍存在的连理姻亲现象在付楼村尤其突出，村干部处理问题时，动一个人的利益，影响其他一群人。村民们对村干部工作不满，村干部也觉得工作实在难做，村班子安排下去的工作，基本上出了会议室就没下文了。时间长了，积累的问题越来越多，以至于村里开会基本没别的事，就是吵架，为减少矛盾，不到万不得已，村里会议室就不开门。

有两件事情，李健印象深刻。2016年，一位预备党员到转正的时间，该开会讨论了，因为村支部成员之间意见不一致，这会愣是没开成，那位预备党员也没能按时转正。还是2016年，市里到付楼村扶贫检查，因为争当贫困户，或者哪个贫困户和哪个村干部有啥关系等问题，不少村民有意见，觉得受到不公正待遇，围着检查组说不完。这件事后来在全市范围内通报，带来的影响极坏。

李健当上付楼村村支书时，村里大体就是这个样子。他深深感到自己肩上的压力，自己能不能把付楼村的面貌改变呢？

"没当村支书前，我太高估了自己的能力，我感觉到我要是当村支书的话绝对能把村里搞好的，我很有信心。但干了村支书，才知道这工作有多难做。"李健说。

每天李健只要一到村办公室，立即就有村民来找他，往往门口能站十几个人，最多的时候20多个人。进来问政策，说诉求，或者就是对这个事的处理不够满意、那个事哪个村干部处理得有问题。要么就是政策落实不能满意，还有什么项目实施不公平。也有家里困难要村里帮助的。反正李健的办公室天天人不断，让他忙得不可开交，好

八　掌舵领航真不易，党建制度强助力

多事情也真的不好处理。

李健没有想到群众之间的事情这么复杂，也没想到作为一个平头百姓去给村民做工作和作为一个村支书给群众做工作，差别这么大，有些问题真是不知道究竟从哪里下手。李健坦言，刚上任时因为压力太大而整夜睡不着觉，多次对自己究竟是否能胜任村支书产生过怀疑。

"我没做村支书的时候，给村民办事情，不管结果如何，大家都觉得我是真心实意想帮他们，因为我本来可以不管的；做了村支书之后，村民找我办事，如果不合规定不给他办，他就会觉得我明明有权力可以帮他而故意不帮，就会有意见，拍着桌子骂我的事没少发生。以前没干村支书，说不好听的，你骂我我气了可以和你对骂，但是现在，你骂我我只能听着，还得耐心给你好好解释，帮你解决问题，遇到胡搅蛮缠的真没办法。"

李健举了个例子，付楼村里一位老人，几个孩子都在外工作，家里就她一人。可能是人年纪大了，总喜欢找点事情做。以前村里问题多，有些村民就给这位老人三五十块钱，把问题告诉这位老人，让她上去告状，专门帮别人上访，经常去镇里反映这个村干部或者那个组长贪污什么的。其实现在的账务都是公开的，她反映的问题根本就不存在。还有，上面为落实村民安全住房问题，派人来村里给房子照相，看看有没有什么危房的痕迹，需不需要修整。到这位老人家里照相后，她就认为照相是给她补贴钱的，或者照了相就要给她再盖一座房子，整天到村里找李健等人要钱、要房子。再怎么解释也没用。刚当村支书时，李健真是一肚子苦水。

刚开始最让李健头疼的，是精准扶贫和低保。贫困户都享受帮扶政策，有不少优惠条件，一些村民明明达不到贫困户的标准，也想办法被评上贫困户，低保问题也是类似。毕竟人都是有私心的，谁不想多要福利？贫困户和低保，村民的意见非常大，但这种意见并非由于真正的实际"不公平"，而是群众认为的"不公平"。

那段时间，经常有人找李健，要享受贫困户政策，或者来要低保。但实际上经过统一规范的精准识别，该是贫困户的都评上了，该享受低保的也给了，后来张嘴要的基本上都不够条件。比如，有的村民年纪大了，自己一个人在家，身体又不好，但两个儿子都在外面有车有房，一年挣个几万块钱没问题，这种情况下老人肯定是享受不到贫困户政策的。还有人有生意、有门路，远远超出了享受低保的标准，收入比正常人都多，也带着小孩到李健办公室找他要政策，还说不给他满意答复，就让小孩住李健办公室不走了。再比如那个光伏发电项目，参加这个项目得有工作能力，按这边规定57岁以上、16岁以下的是不能参与这个项目的，有的70多岁的老人就去找李健，质问李健为什么光伏扶贫覆盖不到他家。还有的，一个项目轮流承包，这个经营得好赚得多，那个经营不好赚得少，赚得少的就觉得吃亏了不公平。这些类似的事情实在是太多了，并且往往不管李健怎么解释，村民还是认为自己应该享受贫困户政策、应该办低保，还是觉得别人办了不给他办不公平，这种情况下李健只能反复做工作，他找李健10次，李健就得给他解释10次。那段时间的李健，面对这些事情真是非常头疼。

当了一段时间的村支书，李健真是夜不能寐。干了几个月，没有啥起色，他渐渐感觉到自己力不从心，不由得想打退堂鼓。他找当时镇里负责付楼村工作的责任组长赵杰提出了辞职。赵杰鼓励他，让他相信自己能干好，坚持干下去。

"李健村支书干了半年左右，找我说，赵书记我不干了，实在干不下去了。我能体谅他，毕竟村里啥样子大家都有数，贫困村中的贫困村，村里情况复杂，换谁都不好干，处理问题有时候他驾驭不了，拿捏不准。他的压力大，一个是当时扶贫任务重，一个是他没有啥经验，突然当了领头人不适应。其实他做得不错了，比我想象的要好得多，进步速度很快。我鼓励他坚定信心，还有意刺激他，说选村支书时不让你参选，你非要参选，大伙儿信任你选了你，现在你又不干了，你对得住大家的信任吗？我知道他听王诗东书记的话，让王书记也来劝他。对外我们也有意识帮助他，有意识引导他。在合作会上、村里的村干部会上，我反复强调他的地位，帮他树立信心，只要他干好一件事，我们一定表扬。办错了事，我们也不怎么批评，一起帮他出谋划策。就这样，又过了两个多月，李健工作慢慢上道了，再也没有不干的念头了。"

党组织对付楼村的工作很重视。因为历史原因，付楼村以前在扶贫工作或其他的工作当中存在很多问题，对于刚上任支书的李健来说，这些问题不好解决。王诗东尽力照顾李健，作为镇党委书记，把付楼村的工作放在主要位置，经常组织全镇的力量来给付楼村看病把脉，资金项目上对付楼村也有所倾斜，帮李健解决了不少难题，给与李健不少支持，也让他学到了很多。在党组织的鼓励下，李健重拾信心，更加认真负责地干起了村支书的工作。

2

李健首先做的，是加强村"两委"的团结，切实改变村干部的作风。李健带领村"两委"成员认真学习政策理论，下大力气提高"两委"班子的政治素质、业务能力和方针政策水平，强化村干部的宗旨观念和民主法制观念，让"两委"班子成员真正理解，为什么班子团结了村里才能发展起来。他还请王诗东等经验丰富的老党员干部给村班子成员挑毛病，作指引，明确农村"两委"班子的职责权限，确保"两委"班子各司其职、各谋其政，找准各自位置，努力改变付楼村长时间存在的"两委"工作范围交叉混淆的混乱现象，大大提高了工作效率。李健严抓任务落实，设定保洁、帮扶、维稳等岗位，为无职党员定责；深入开展亮身份、亮职责、亮承诺，群众评议党员、党员评支部、支部评党委"三亮三评"活动，激发党员比奉献、树形象；发动复转军人、返乡大中专毕业生、农村致富带头人、在外经商回村创业人员入党，提升党员队伍整体素质。

李健特别注意干部间的沟通。俗话说得好，"互相补台、好戏连台"，"相互拆台、一起垮台"，为了让村干部团结，就要加强沟通。村里有啥大事，李健都是提前给村干部挨个沟通，也鼓励村干部之间互相沟通，大家底下协商，差不多意见统一了，再上会讨论，很容易就拿出共识，事情就好办了，布置个工作也不像以前那样你说你的我干我的。这样，大伙儿的气也顺了，也增加交流，两委干部劲往一处使，力往一处放，团结起来，村班子这边的工作就好做多了。

实际工作中，李健事事为先，真正做到了以身作则。在李健看来，当干部必须做实事，不能下命令的时候积极，干活了就推脱。村里工作难免会遇到这样那样的特殊情况,虽然有些事情不是自己负责的,但其管事的村干部如果不方便处理,自己就主动扛起这工作,保证工作正常开展。李健这样几次以后,一些村干部就不再好意思总有特殊情况了,工作比以前主动了很多。

以前李健的性子不好,老爱着急,自从干了村支书,慢慢改掉了急躁的性格,越来越有耐心,说话做事更加谨言慎行。"其实认识我的人都知道,我是个直筒子,脾气也急,但是现在你要想干好群众工作,确确实实你得有耐心,毕竟村里人也多,有些思想落后的,我觉得他也有一个思想观念,就是为了他自己的事儿,有时候道理根本说不通,你给他解释多少遍都不行;还有的没有文化的,或者岁数大一些的,政策法规他很难理解,需要你一遍一遍详细地说。这种事多了,你没耐心根本不行,脾气不改不行。"

针对低保这个工作中的重点、难点,李健的处理原则就是公平、公正,不管是啥关系一视同仁。他首先从自己家里开刀,主动向村里申请,取消了弟弟和爱人的低保,还动员亲戚取消低保,李健爱人的叔叔和李健的姊姊,都在李健动员下申请取消了低保。李健认为,既然当了支书,就要起到带头作用,干部的直系亲属吃低保容易造成群众误解,他又有能力养活家人,那就不要占用资源,把这个待遇留给更需要的人。

实际上,以前李健是标准的低保,但是李健并没办,2016年初,那时候李健家还没翻过身来,村里给他办低保,李健坚决推辞。李健的弟弟和爱人也都是符合低保条件的,他弟弟一个人未婚,二级残疾,完全符合低保条件。他的爱人脑出血偏瘫过,一条腿残疾,缺乏自理能力，也是符合低保条件的。但是李健当了村支书，为了做别人工作，改革先从自己改，还做亲戚的工作取消低保，以前他没当支书时他的亲戚能享受到低保，他当了支书他的亲戚反而没低保了，看似不讲人情，其实是留了更大的人情给更需要的人。人心都是肉长的，大家伙儿也被他感动了，有些村民反而向村里提议，强烈要求恢复李健弟弟和妻子的低保，反过来做他的工作，但李健一直推辞。直到国家政策规定，一二级伤残必须办理低保，他这才又给弟弟申请了低保，但是他爱人的低保他坚决不给恢复。

让李健欣慰的是，他的家人、亲戚都比较支持他的工作，没有因为取消低保而对他有怨言。李健的一个亲戚说："他当了村支书，工作做得好，虽然吃了点亏，但是人缘越来越好，威望越来越高，俺们这些亲戚的脸上也有光，到别人家一说这是李健的亲戚，谁都高看一眼，俺们也更气派了！"

李健的以身作则、公平公正，赢得了村民的信任。刚当上村支书那段时间，村民找李健要低保，有的不符合政策，但是往往不管李健咋说咋解释，对方就是坚持认为他处事不公，满腹怨言。自从李健主动给自己家人取消低保后，有人再来找李健要政策，李健把低保的标准详细给人说明白，那几条规定看看自己到底符合不符合，衡量下该不该享受政策，因为李健家人都没低保了，谁也没法再说李健处事不公。解释清楚了，胡搅蛮缠的人也越来越少。

工作开展仅靠村"两委"的决策是不够的，更离不开村民的支持，要得到村民的支持，就必须深入村民，了解村民，把村民当家人。李健经常入门串户，到村民们家中聊天拉家常。谁家的生活、生产碰上困难,谁家需要哪些帮助,他都记在随身携带的小本本上,以便能及时帮助他们解决困难。没多久,李健对村里各家各户的情况了如指掌。他还带领村两委成员去慰问村里的老党员、老干部、困难户、孤寡老人、残疾人,嘘寒问暖。对群众关注的热点、焦点问题,他主动答复解释;对邻里矛盾纠纷,他上门化解,及时把矛盾消灭在萌芽状态;他带领全村开展"好媳妇、好公婆、好妯娌""传家风、树家训"等文明实践活动,大力倡树文明新风,构建和谐健康的邻里关系。村民们信赖李健,有事都找他商量,无事也经常找他聊天。

"付楼村以前很明显的问题就是信访,以前李健没当村支书时,每个星期一、星期五村里都成群来镇里上访,现在这个问题没有了。原来一看那是付楼的群众来了,我都头大,头大的原因是啥?人家别的村都没有来,只有自己承包的扶贫村来上访了,丢人。现在班子团结了,李健处事公平公正,敢于表态,敢于担当,大多数问题在村里都化解了,不到镇里来了,看不到付楼村的村民来上访了。"王诗东感慨颇深。

付楼村村风的改善,背后是李健等人的辛勤付出。对此,村委主任张荣山深有体会:"那时候我和李健搭班子,他中午12点半之前没有吃过饭,夜里总是熬到一两点,最晚的时间两三点,这是经常现象,当时他坐到那儿就能睡着。他的身体还是有点虚弱,本身做过大手术,对于身体还确实有点影响的。有些时间我就劝他,我说不中了你就先回去休息,他说不行,他不能走,他这个敬业精神相当好。我们村原来的支书走了之后,我当时也考虑到我也不是一个党员,想着这么大岁数了,干两年就行了,所以说村里面就是有些底下的群众上访或者有其他啥事就不想管他了。但是李健上来之后，找我说这个问题必须解决，我们两个就和孙书记商量了，如何扭转这个局面，减少群众上访，然后我们三个就是一起走访入户做工作，摆事实讲道理，没少费事。差不多有半年的时间，再没啥人去上访了，现在群众满意度在全镇都是靠前。这其中李健流的汗水太多。"

总结这段工作经验，李健深深领悟到，想当好村支书，首先要真心实意把群众当亲人一样去看待，让他相信你会全心全意为他办事，不会欺骗他。取信于村民，这是开展好农村工作的首要因素。

在李健带领下，经过一段时间的努力，付楼村领导班子的面貌焕然一新，作风进一步改善、效率进一步提高、工作进一步理顺，干部之间加强了团结，村民之间更加和睦，最重要的是干群关系显著改善，村民们对村"两委"的信任大大增加了。

3

李健特别注重运用"四议两公开"的工作方法。按照政策规定，凡是涉及群众的扶贫、退出、识别包括低保的整治这些重大的决策，村级的决策必须严格地按照民主程序，运用"四议两公开"的工作方法处理问题。"四议"是指村党支部会提议、村"两委"会商议、党员大会审议、村民代表会议或村民会议决议；"两公开"是指决议公开、实施结果公开。"四议两公开"是村党组织领导下对村级事务进行民主决策的一套基本工作程序，是基层在实践中探索创造的一个行之有效的工作方法。

李健任村支书之前，付楼村已经使用"四议两公开"这套程序，但是因为种种原因，偏向形式化，执行得并不严格。李健刚成为村支书不久，面对很多问题感觉无从下手，经时任驻村第一书记孙端建议，李健重点关注"四议两公开"，深入研究后，觉得是解决问题的金钥匙，开始带领村班子严格加强运用。村民关心的大事，李健从不私自表态，严格按照程序走，公开、公正、公平。村民有什么问题，有什么意见，"四议两公开"这套程序一走，村两委、党员、群众代表、村民小组全都参与进来，一起讨论。村里党员干部都擅长哪方面，群众都有什么需求，每个党员干部具体代办哪些事情，这些复杂的问题都是通过"四议两公开"工作法不断完善解决的。

具体运用中，李健带领全村实施"一提二审三通过"，村委会组织在所有村民小组成立理事组、党小组、村民小组会议等机构，以"一提二审三通过"，即村民小组理事组提出实施意见、村"两委"审查同意、村民小组代表会议或村民小组会议决议通过的方式，决策涉及村民小组的重大事项。"一提二审三通过"延伸"四议两公开"工作法的理念，在处理扶贫、低保及土地流转民生基建等棘手问题时非常实用而且程序简单，结果是工作好推进、干部气也顺了、老百姓也服气，真正实现了把矛盾化解在基层。

"在农村来说，'四议两公开'治各种疑难杂症。他意见再大，群众会一开，他也没话说。你比如咱几个，明明我的条件最差，而贫困户只有一个名额，你不可能跟我争着当贫困户，假如有一户的话，肯定优先我了。你明明不够吃低保，非想要低保，那你上会说，给班子说、给村民代表说，标准都是公开的，你条件不够自己都不敢说。通过这个'四议两公开'，有些村民服气，我富了，我还当贫困户干嘛？就主动退出贫困户。当然，还有极个别人哭穷，是不愿意退出的，那就再费点功夫做这方面的工作，找找证据，你有车有楼房，照片一拍，'四议两公开'再给你走一遍，证据往上一摆，叫你自己上会说，你自己都不好意思再当这个贫困户。'四议两公开'运用得好，群众的矛盾都化解了，没怨言了，心服口服。"时任付楼村驻村第一书记孙端这样说。

贫困户谁能当，谁能摘牌，低保户谁能评上，谁该取消，李健带着村班子成员，严格按"四议两公开"工作法来做，没一个村民上访或有意见的。低保的13条红线，贫困户识别那9条规定，村里做到每一户发一张纸让村民熟知这些规定，对准自己，是应该退出还是重新识别，这都是非常透明。摘明白政策了，村民就认为这个村干部相当的公平，无形中就减少了很多争议，不再到村里要政策或上访。付楼村村干部对全村500多户摸底分析，家里啥条件都公开透明，没有一户漏评、错评，每一步都摆在明面上，村民们心服口服。

李健说了一个例子。村里准备兴建扶贫工厂，要征用土地。党支部提议、"两委会"协商、党员大会审议都通过了，但在村民代表会议表决这个程序，有一些村民代表不赞成。因为他们担心耕地被占，影响生活。李健带领村干部耐心解释，请一些老党员、老村干部来做村民思想工作，并且还请曾经在外工作过的年轻人现身说法，除了老一辈还愿意死守着一亩三分地干农活，越来越多的年轻人都不愿意在老家种地了，纷纷出去务工，村里的年轻人外流人数很多，扶贫工厂建起来后，有劳动力的可以就近入厂工作，甚至能吸引外出的年轻人回乡工作。党员干部也积极发挥示范作用，带头让出自家用地，村民代表帮助村"两委"化解矛盾、开展工作，使这些村民最终解除了顾虑，决议顺利通过。

李健的手提包里，随时放着一个笔记本，上面标题是《"四议两公开"工作法记录本》。他随手翻到"党员签名"那一页，密密麻麻的签名在"同意"栏里一行一列排得齐整，像认真又坚定的列兵。李健说，记录本是南阳市委组织部统一印发的，专门记录"四议两公开"工作法的日常运用情况。支部会提议、"两委"会商议、党员会审议、代表会决议及决议公开和实施结果公开都有详细记录，且附有相关人员的亲笔签名，每个活动后面还附录了会议现场及活动相关照片，使记录更加具体客观、更有保存价值、查阅更方便。这记录本上记录最多的，还是付楼村脱贫攻坚工作的相关内容。

"四议两公开"之所以在脱贫攻坚中用得多、用得好，关键就在于党员和干部。党员、干部通过持续、认真的学习，学习党的政策、学习省里和市里文件、学习脱贫攻坚的政策，真正把政策宣传到位，真正把为人民服务变成行动。只要村里的党员、干部以身作则起到模范带头作用，同时真正为百姓办实事，百姓看在眼里，啥事都能办成，脱贫攻坚也不例外。李健常说，树不倒挖坑小，事儿办不好是因为党员和干部没把功夫下到。付楼村有一户当家的得重病去世了，为治病花了十几万，本来脱贫了又返贫。那一家人只顾在医院忙也没给村里汇报，他就近的村民代表主动反映给队长，队长又反映到村部，村干部赶紧下去调查，调查之后确定情况属实了，在村委会会议上才提出来。基本上，在支部会提议之前，党员干部对事情的真实情况都已经心里有数了。"四议两公开"真正在运用过程中，会外的工作比那几次会费事多多了，真功夫都是在会外。

"四议两公开"在付楼村严格运用后，很多问题迎刃而解。"村里搞基建，通过'4+2'，项目啥情况，工程造价多少、咋招标的，党员、干部、群众代表和普通群众都清清楚楚的。过去是村班子说了算，没有公开，大家伙儿肯定是疑点重重。现在啥都上会了，啥都清清楚楚，村民也不怀疑了，村干部也不怕人议论了。"村委会主任张荣山眉飞色舞，"有了这个'4+2'，已经决议的事就算个别人不整，班子也不发愁。以前有个上面投资的项目是帮扶俺们的，需要占用水塘，但牵扯到一些事，有个别村民不同意。'4+2'一整，村里都知道这项目是上面帮俺们的，是让大家脱贫致富的，没有水塘项目就黄了。不用村班子苦口婆心，村民们都找那人劝说，那人也怕出门被人指指点点，这事很快就成了。越用越有成效、越用越管用、越用大家越服气，所以说俺们村就经常用。"

尤其让李健欣喜的是，自从"四议两公开"工作法认真执行以来，对村里大事想要说、主动说、乐意说的群众越来越多。现在互联网发达了，电脑、手机、微信使用的普及使农民对党的政策和扶贫政策的了解越来越快速、清楚。与此同时，群众的思想觉悟也更高，对农村的公益事业、村容村貌建设、文明文化发展等都积极响应并主动支持。许多村民找李健提意见，并不是为了自己。运用"四议两公开"工作法不仅增强了村民主人翁意识，还助推了他们参政议政的热情，有效化解了干群之间的矛盾，促进各项工作开展，还通过党员、群众代表的示范带动凝心聚力。

"原来村里的事儿，你催他整他不整，现在你不整他催你整。"

对于村民的变化，李健笑着说，"原来村里有啥事儿，许多群众的态度都是：只要不让我对钱，只要不让我出东西，愿意干啥你干啥。现在集体经济壮大了，村民都想知道财务上你沾光没沾光、胡整没胡整，群众的法制意识、民主意识、生态意识和参政议政积极性都在增强。特别是'四议两公开'的严格运用以来，村民们越来越觉得自己的意见重要，有人听、愿意听、听了还真能解决，大家伙儿的思想觉悟也明显提高了。"

"四议两公开"工作法在付楼村的准确运用，让全村工作真正获得村民认可，增强了付楼村"两委"的政治领导力、思想引领力、群众组织力和社会号召力，使村民的知情权、参与权、表达权与监督权得到真正落实，提升了全村人满意度和获得感，拉近了干群关系，促进了付楼村治理的科学化与民主化。

4

领导有力了，干群和睦了，村民理解信任村"两委"了，工作水平也提升了，又赶上那一时期桐柏县开始集中整治低保，李健和王诗东、孙端等党员干部商议，准备把付楼村的低保"推倒重来"，重新核对，彻底解决这个大难题。商议的结果，就是召开村民大会，整个付楼村村民全部参加，全体协商。

村民大会其实是"四议两公开"工作方法的延伸，把参与的人员扩大到了每个村民，做到了彻底的民主。但是对这个村民大会，当时几个主要组织领导心里都没谱。付楼村已经二十多年没有开过全体村民大会，不少年轻人都不知道有这个会。一个是以前村干部中有杂音，更重要的是以前只要随便开个啥会，下面的村民就吵吵闹闹，根本开不下去。付楼村经常有群众结队到村部反映诉求，假如召开个全体村民大会，村民正赶上有啥不满，一个人说其他人附和，就怕成群结队闹场子，开会容易收场难。所以一开始李健和班子成员都很担心大会的效果，对于大会的现场情况也都没有把握，大家心里都挺忐忑的。

经过事先动员，详细准备，2018年7月18日晚上，在村部广场，付楼村召开了村民大会，全村每家每户要么成员全部参加，要么派代表参见。付楼村所在的埠江镇全镇范围内，这也是第一次一个行政村村民全部参加的会议，整个桐柏县这种会议都很少，上级领导对这个会议高度重视，镇领导班子和埠江镇所辖其他村的责任组长、第一书记、支书全部到场旁听，很多人都在关注着这个会议。

王诗东首先以镇党委书记的身份作了发言。他说，付楼村由于历史原因戴上了一顶不太光彩的"穷帽子"，但是贫穷不会生根，在党和政府的全力帮扶下，在广大勤劳善良的父老乡亲们的共同努力下，付楼村一定会拔掉穷根子、摘掉穷帽子，将"付楼"建设成为"富楼"！

李健、张荣山也代表村"两委"，表达了齐心协力带领全体付楼村民脱贫致富奔小康的决心，同时要求全体村民知感恩、懂回报、多理解、勤劳动，树文明新风，做勤劳致富的带头人。

包村责任组长赵杰讲述了他扶贫道路上的辛酸历程。为了扶贫工作，他一月回不了几次家，甚至一年多来也没有陪孩子完整地过完几个周末。孩子抱怨，家人不理解，他都能承受，最让他无法释怀的是父亲躺在病床上，无法床前尽孝，老人急需心脏搭桥手术，而他因为扶贫工作只能够一拖再拖……动情之处，泪眼朦胧，几度哽咽，深深打动了在场的村民。

会议表彰了脱贫攻坚先进者、群众文明示范户、卫生示范户，最重要的是对低保和扶贫的政策、评定标准做了公开、透明的宣传，把政策说透、讲明白，让所有村民详细了解低保的评定标准和条件。

出乎所有人的意料，整个会场秩序井然，事先预想的吵闹现象并没有发生，全体村民都在台下认真听讲，还多次鼓掌，村民李金峰、马秀芝两人甚至在大会上自愿脱贫。大会的效果非常好，为付楼村重新评定低保奠定了坚实基础，不仅在场的付楼村村民满意，还给其他村开展工作起到了示范作用，影响比较大。

李健后来回忆，其实那是他第一次当着那么多人公开发言，太紧张了，都不知道说啥了，还好多东西都忘了。开会前，从心里讲他是很不安的，第一是因为付楼村几十年都没有开过群众会了，李健自己心里都没有谱，能来多少群众不敢保证，那么多人在看，假如这个事组织不好很丢人，谁知道出乎意料，全村六个自然庄基本上每家每户都来了；第二，怕群众不来，又担心来得多了，人多嘴杂，各有各的想法，假如会上有人闹起来不好收场，挺矛盾的。王诗东和孙端都给李健鼓劲加油，鼓励他只管放心地开，不会有什么，天塌不下来。王诗东告诉李健，实际上群众有这么一个需求，群众对干部有不满意，他需要有一个机会沟通交流，哪怕群众这个要求想法可能是错误的，但是假如中间缺乏沟通和交流的话那很容易引起误会，干部觉得群众不讲理，群众觉得干部不负责，可实际上群众可能真地不知道为什么这么做，他就需要一个沟通，需要一个交流，所以这个大会必须开。

李健都做好了面对混乱的准备，可实际上群众都很通情达理，只要能做到一碗水端平，把话说清楚了，自然不会闹。会场秩序非常好，大家伙儿听得都很认真，有啥不懂的都举手发言，讲扶贫事迹那会，下面都有人在抹眼泪。这会开着开着，李健就不紧张了，想说啥很自然就说出来了。大会非常圆满，效果相当好。镇里的领导和其他村子的人都是一致称赞，会议结束后，好几个外村的干部立即找到李健，向李健学经验。

5

村民大会结束后，后续又召开了几次小组会，具体评议确定低保的事。

在进行评议前，付楼村村干部将低保标准、申请程序、申请时间、咨询举报电话等印成宣传资料，通过入户走访、宣传公告等形式，让广大村民知晓政策、熟悉政策，并根据自己的情况，决定是否参加低保评议。考虑到村民小组中，大多数户之间都有家族关系、姻亲关系纠缠，在初步评议时可能不能保证实现客观公正。为此，李健、孙端带领村干部组成工作队入户走访，对低保初选对象进行信息采集，包括房屋、人员、土地等各类证明材料，把采集到的各种信息制成幻灯片，并根据走访了解情况形成调查报告。在村民小组会上，要申请低保的村民介绍个人情况，同时村干部播放申请者各种信息幻灯片，增强村民代表对低保申请对象的感性认识和了解度，有效提高评议的准确性。然后全体参会人员投票表决，最后再把结果以公告的形式公示出来，接受全体村民的监督。

这次会议中，所有事项始终保持透明度，每个自然庄都有资料，每个村小组都有资料。保证每家每户都参与进来，让所有村民都知道，哪些低保户需要继续享受政策的，哪些低保户需要取消的，哪些人还需要被评议的，会上说的是明明白白，如果有什么意见当场提议再协商解决，都满意了就去公示。这样确确实实叫每个群众都有知情权了，公开透明了，谁也没意见了。

虽然过程并不轻松，但最后效果出奇地好，最后结果出来之后，村里没有一个人再对低保的评定有意见。通过这次会议，干部和村民得到了深入交流的机会，干群之间互相体谅，工作得到了支持，群众之间的关系也进一步和睦。付楼村低保以前是102个，通过"四议两公开"的民主程序认真评议，重新评定后仅剩一户一人，并且最难能可贵的是，全村没有一个群众有意见，困扰付楼村多年的难题得到了根本性解决。随后，付楼村一些达到脱贫标准的人也主动脱贫，再没有以前那种贫困户当上容易退出难的现象发生。过去假如给谁取消贫困户，取消低保，那这人肯定天天到村部闹，或者去上访，现在绝对不会有这种现象了，这个变化非常明显，付楼村全村人都感受颇深。

自从这个大会之后，付楼村再开会就顺利多了，一通知村民就来，也没那么多吵架闹场子的。每次会议李健基本上都参加了，既然自己当了支书了，不管怎么样都得尽力做到最好，他要求村干部也尽可能参加。群众都乐意给李健沟通，有什么想法都愿意给李健说，不像以前啥也不说直接去上访。付楼再次召开会议时，与会村民们都踊跃发言，一些村民提出来自己家田地的事儿，或者家庭贫困户脱贫的事儿，还有一些村民主动提出其他人哪个应该享受政策，能主动为他人着想，要是以前的会议上，不争这个贫困户名额就不错了，帮别人主动申请的事根本不可能发生。整个村小组的事儿村民主动提出来向村干部征求意见，协商处理。会上的问题李健等人都详细记录，想办法帮助村民解决。经过一段时间的努力，付楼村村干部非常明显地感觉到群众的态度不一样了，真心信任，知道村干部是踏踏实实为村民办事，对村里各项工作也是比较认可，对村"两委"比较尊重，安排布置的工作村民都会想办法去尽力完成，村里的工作也是越来越顺了。这都是这次村民会议奠定的良好基础，对付楼村来说，这个会相当重要。

这次会议的圆满落幕，让李健彻底松了一口气：原来，群众最在意的是公平、公正，要想公平、公正就必须公开、透明，只要公开透明做到了，群众工作就顺利了，而"四议两公开"工作法正是解决群众难题的金钥匙。从那以后，李健格外重视"四议两公开"工作法的运用，对于村里的大事、难事全部摊开，让村民充分参与并且监督。

渐渐地，李健对群众工作越来越有信心，对于村中工作的开展也越来越有底气了。李健后来感慨说："水不流的时候，是全体村民大会让我开了窍。"付楼村的这次成功实践，也为其他乡村作出了榜样。这次村民大会，对李健、对付楼村来说，都是一个重大转折点。

八 掌舵领航真不易，党建制度强助力

九　因地制宜出实招，誓把付楼变富楼

李健一直有一个梦想，那就是带着付楼村全村人彻底致富奔小康。付楼村虽然在2016年成为脱贫退出村，但富起来的村民毕竟是少数，大多数村民生活水平还不够高，付楼村自然条件又不算好，致富之路任重而道远。

"我就想着咱当个支书，不是说叫咱自己富了，而是叫群众都富了，你要是说光你自己富了也没啥意义。你比如说咱一家六个人嘛，假如我吃饱喝足了，其他几个人还饿着了，那没啥用。你带着整个村富起来，让外人都看到感受到，这个支书你才没白当，才没辜负共产党员这个身份。"李健就是这种心思。

李健首先从思想上鼓励引导村民，树立信心。李健带着村干部，挨家挨户地上门聊天，给大伙儿鼓劲加油。李健说，咱们村基本没啥贫困户了，再差也有党的政策兜底，"三不愁""两保障"咱们都做到了，再加把劲儿，脱贫不算啥，都致富了，咱们才真正过上好日子。李健还现身说法，向村民讲述自己的亲身经历，让大伙儿有希望有奔

头。李健的事毕竟就发生在身边，许多村民私下说："人家李书记出那么大事，差点命都没了，仅有一只左臂，一条腿还残疾，家里三个残疾一个老人，两个孩子，他都能富起来，咱有手有脚的，还有啥不敢想的？"经过李健和村干部的努力，全村人思想觉悟都高了，有了致富奔小康的决心和意志。

做好了动员工作，李健带着村干部开始筹划，如何让村民腰包鼓起来。以前的付楼村除了种地，没有什么增收产业，靠种庄稼，生活也许不愁，致富难。李健找到驻村第一书记孙端，协商以后的发展规划。

付楼村祖祖辈辈都是靠农田过活，如果不引进特色种植，单靠种植很平常的农作物，种麦、种玉米一亩地都是几百块钱的收入，想致富是很难的。孙端和李健协商，把工作重点放到产业发展上来，搞一些有特色的、收益高的项目，争取再把招商引资这块儿做起来。

经村班子协商后，李健首先带着村民种植香菇。种香菇难度小，见效快，收益较高，李健也有过小规模种植香菇的基础，比较容易操作。李健带头，建了塑料大棚，大规模种植香菇5万袋，还积极向村民传授技术，给村民们讲种植香菇的前景。因为李健种植香菇一直盈利，所以村民一看李健开始大量种香菇了，都知道李健会赚钱，跟着做准没错，于是不少村民都开始种植香菇。

李健深知，群众抗风险能力都是很差的，想让大家下决心大投入比较困难。不管什么产业，刚开始的时候村民大多都是观望的态度，想看看这个产业到底如何，究竟能不能赚钱，毕竟大家都顾虑这本钱花出去能不能有收获。如果能够起一个带头作用，不管是种植也好，养殖也好，只要致富了，老百姓看到能从这方面挣钱的话，肯定不遗余力地投入。

李健用仅有的左手比划着，"我以前种得少，去年就2万多袋，一天摘了100多篓子，一篓子都是30斤、40斤，你看今年的市场价，香菇收购4块钱一斤，一篓几乎就是一百五六十元，你算算能赚多少。香菇的销量我就给村民说了，我说你们谁想种就大胆地种，说夸张一点，你拉一火车皮过来，一个月之内我就可以卖掉"。

李健事先对市场充分调研，已经联系好了销路。付楼村种的香菇，不打农药，纯属无公害食用菌，销路很好。走出口一部分，然后就是对准各大城市的超市，量非常大，市场上供不应求，经常有半挂车到付楼村上门拉货。种香菇切切实实给村民增收不少。大家尝到了甜头，更有劲了。这不，还不到香菇栽种的季节，已经有不少村民找上李健，要求种植更多的香菇。

种植香菇的村民多了，李健又牵头成立了付楼村香菇种植基地，还采取三种模式帮助贫困户种植香菇：一是有资金的基地提供香菇袋，在家里或者在基地种植都行，基地无偿提供技术服务并按市场价回收香菇；二是符合贷款条件的贫困户帮助协调金融贷款，基地提供香菇袋，自己管理，基地无偿提供技术服务，按市场价回收；三是没有资金又不符合贷款条件的，由基地向贫困户先预支一定的香菇袋，获得利润后在利润中扣除预支香菇袋的费用，基地提供技术指导和香菇回收，让贫困户进行管理。这样，每户净收入10000元到30000元。他计划2020年再种10万袋，带动100户至120户村民种香菇。

李健还安置村民到香菇基地工作，给他们创造增收的机会。繁忙的时候，一天都招了三四十个人去干活。主要都是贫困户们，包括农村的闲杂劳动力，六七十岁的老太太们都可以摘。李健给他们较高的报酬，就近务农增加收入。

李健是靠种大葱发家的，这村里人都知道，所以有不少村民一直在种葱。不管别的地方种葱赔不赔，李健那里的葱这几年一直没赔过。好卖了自然不用说，不好卖了，李健跑市场时结识了几位山东的客户，他联系这几位客户，把葱拉到山东去处理。因为山东是中国大葱主产地，有许多大葱加工厂，能烘干大葱，做成小葱花，处理后卖给方便面生产厂家，做调味包里的配料。李健依靠自己的人脉为村民们销售大葱铺路搭桥，因此付楼村的葱农这几年就没担心过葱的销路。

现代经济发展，都以环保为前提。李健目光长远，在农村中较早注意到了新型环保企业的发展前景。他在村里打听，得知付楼村一个青年在外边从事秸秆再加工利用行业，就让儿子和他联系咨询相关事宜，动员他回乡创业，又找到孙端等党员干部商议，经集体讨论，认为这个事情一是避免燃烧秸秆污染环境，二是给村里多办一个企业，能够切实增加村民收入，一举两得。于是准备发展秸秆再利用产业。

李健、孙端两人带着村干部，多方筹措资金，吸纳村民入股，学技术，引进设备，流转土地，在这位回乡创业青年的指引下，建起了豫岗生物能源有限公司，从事秸秆炭生产。用秸秆、花生壳、玉米杆等原料，烘干或晒干、粉碎，然后在制炭设备中，经干燥、干馏、压缩、冷却等工序，最后得到的产品秸秆炭，能用作燃料，燃烧时能释放三千五六大卡的热量，接近一般煤炭燃烧的热量，而且是绝对无烟无污染，它充分燃烧，不产生烟尘，燃烧完毕几乎都没有什么残留物，是新兴的清洁能源燃料，属于国家提倡发展的新型能源。现在很多电厂火力发电全部烧用这种燃料，企业的锅炉大多数也是用这种燃料，甚至家庭农户取暖用这种燃料都很合适。除了做燃料，秸秆炭还有很多用途。制作秸秆炭时，会产生副产物木醋液和木焦油，木醋液能用于土壤改良，饮料添加剂，除臭杀菌，饲料添加剂，食品保存等；木焦油再加工后可获得杂酚油、抗聚剂、浮选起泡剂、木沥青等产品，也可用于医药、合成橡胶和冶金等部门。制作秸秆炭过程中炭化的炭粉可深加工转型为炭基肥和活性炭，炭基肥可以增加土壤中炭基－有机质的含量，快速改造土壤结构，平衡盐与水分，增加土壤肥力，促进作物生长；秸秆活性炭的碘值指标能够达到1000以上，具有高吸附性，能够很好地适用于空气净化。

付楼村出产的秸秆炭在市场上颇受好评，原料仅仅是无用的麦秸秆、玉米杆、花生壳，一吨能卖到500多元，还供不应求，许多城市的买家开着卡车上门拉货，最远卖到武汉。在付楼村不到十公里的周边，就有两个橡胶厂，用的燃料全部是李健这里提供的，每个厂一天就能烧15吨。

秸秆炭厂建好后，又安置了一批村民在里面工作，让村民在家门口就可以赚钱，收购原料、给厂里送料运输的工作，又带动了一批村民增产增收。自从这个厂建起来之后，每到麦子收割季节、玉米收割季节，像以前那种满地秸秆堆、玉米杆堆的景色再也看不到了。

李健和孙端对这个秸秆炭厂给予很大的希望，村里大量培养技术人员，争取做大做强这个产业。下一步，准备抓紧开发秸秆炭产生的副产品，并规划与外界合作，提供技术支援，吸引加盟，努力把秸秆炭产业打造成付楼村的名片。

"这个产业选的非常好，农村秸秆禁烧那是政府最头疼的课题。光一年一个县都罚几十万，现在农村的秸秆，都是扔了、发酵甚至烧了，既污染环境又没有经济效应。他们这个事办成了，既改善了农村的环境面貌，把秸秆和什么杂草树枝、枯枝败叶废物利用又能创造经济效应，还美化了村庄的环境，而且带动了群众的致富。既然有秸秆就要有工人，就要有收秸秆的，还要有运输秸秆的，等等一条线，收秸秆的，运输秸秆的，加工秸秆的，经销碳的，一条龙地带动了很多群众。这个事情搞好了，既减少污染又增收，相当于废料再利用、二次再创收，绝对的好事。"王诗东对李健等人的这个决策评价很高。

付楼村修建有扶贫工厂，专门安置村民就近增收。可是这个扶贫工厂曾经一度倒闭，以前的村民有依赖心理，精神面貌不行，不想学技术，村里的一些妇女宁愿坐在太阳底下聊天唠嗑，都不愿意去进工厂，她们嫌打工麻烦，没人进去工作，十来个人不够投资者的水电费，工厂肯定开不起来。经过李健和孙端到处跑业务，拉投资，又鼓励村民自食其力，这个工厂起死回生，以前有80多人在里面工作，但活越做越多，原先的车间面积有点小，一个厂又不够了，又开了一个厂子，两个工厂光机器就130多台，人越来越多，很快突破百人了，极大地吸纳了村里的闲散劳动力，尤其是妇女。两个厂一个做玩具做衣服，一个专门剪线头，不少村民又获得了增收的机会，最高每天每人可收入150元以上，同时还不误农活，随来随干。

李健想方设法，扩大村民致富路子。村里建了金芙蓉特色种植产业扶贫就业基地，全村的贫困户一方面把到户增收项目入股到特色种植基地，每年进行分红，另一方面到基地打工创收。引导帮助20至30户村民建设50亩左右的蔬菜示范基地，像贫困户、残疾人就安排他们到基地干些如除草、打药、摘菜等力所能及的活。村里成立了"聚心"蛋鸡养殖合作社，同时还有黄牛养殖和羊养殖合作社等。在李健带动下，一些党员干部也开始发挥带头作用，在村里办产业，助脱贫。如付楼村副支书刘征，他就办了犇鑫牛场，一个养牛合作社，养殖几十头牛，有66户贫困户入股他的牛厂，然后每年进行分红，还安置村民到养牛场工作，也带动了一批人增收。

付楼村的气候土壤比较适合水果生长，村里协商后，发展黄金梨、朱砂桃种植项目。这个项目带动流转土地100多亩，然后又是入股分红139户，还安置了不少村民在果园工作，平时贫困户闲了没事就去里面打个零工，一天干上6个小时，能有五六十块钱的酬劳，一年下来收入也不算少，还不耽误从事别的工作。同时黄金梨、朱砂桃大规模种植又带动了水果采摘等农家乐项目，前景看好。

李健注意到市场上的小龙虾非常火爆，于是也开始在付楼村搞小龙虾养殖。李健采用了当下流行的"虾稻共养"养殖模式，一份稻田，两份收入。该模式在技术操作上实现小龙虾与水稻的共养共生。水稻生长过程中产生的微生物及害虫为小龙虾的生产提供了充足的饵料；而小龙虾产生的排泄物又为水稻生长提供了良好的生物肥；水稻收割后，秸秆又能给村里做秸秆炭，废物利用。在这种优势互补的生物链中，小龙虾及水稻的品质都得到了保障，更使稻米成为一种接近天然生长的生态稻。种养全程采用物理或生物手段防治病虫害,实现了"一地两用、一水两养、一季双收",既保障了粮食安全,又节约了水源,对付楼村村民增收起到明显的助推作用。

"初步规划,在稻田中沿田埂挖出环形虾沟,改成大沟。每到插秧时节,把尚在幼苗期的小龙虾移至沟内生长。等秧苗长结实了,再把沟里的幼虾引回到稻田里。这样做,四五月份收一季虾,八九月份又收获一季虾,就是一稻两虾。"孙端介绍说,初步估算,"虾稻共养"一亩田可多产100多公斤成品虾,增加收入3000多元;在动植物和谐共生的相互作用下,水乡稻米成为一种接近天然的生态稻,每亩可产稻米800斤左右,按收购价每斤5元计算,每亩可增加收入4000多元,很有前途。

根据以前自己种葱卖葱的经验,李健特别注意信息的重要性。虽然现在网络发达,很多信息都可以在网上找到,但是,网上的信息往往不够详细,比较笼统,有时候就是知道了哪个地方需要什么,即使可以提供货源,也不见得一定就能卖出去。李健经常拖着伤残的身躯出去跑市场,探行情,找销路,积累了一定的人脉。他时刻和外地的供应商们联系,及时得到市场第一手详细信息,主动出击,销售产品。比如李健得知新疆、内蒙古那边大量需要花生叶作饲料,他就指导村民收购花生叶子,然后通过自己的人脉联系中间商,销售到内蒙古、新疆等地喂牛喂羊,一车就能卖几万元。这样,在当地毫无用处还要费心处理的花生叶,经过李健推销,变废为宝,给村民增加了不少收入。

头脑灵活的李健敏锐地注意到,发展电商是打开农产品销路的新手段。对于农民来说,农村电商的一个鲜明优势,在于对接城市大市场、打开消费新市场。以农村电商为渠道,以往"藏在深山无人知"的特色农产品进入城市人的餐桌,而丰富多变的市场信息也得以"无延迟"地直达农户。农村电商蕴藏着推动脱贫攻坚的强大力量,对发展现代化农业的作用是巨大的。

李健带领村民,学习网络销售知识,和电商平台接触,建立联系,不断完善技术,筹划当地的电商销售早日上线。"现在发展这个网络销售,只是个初步构想,还需要详细的实施。尽管这个网上销售前景广阔,但目前村里还存在着不少短板。比如村里发展电子销售底子薄弱,村里物流基础设施还有待完善,有人买你都运不出去,群众也急需实用技能,但针对性强的帮扶与培训很难跟上。"李健说了目前当地发展电商遇到的一些难题。

小康不小康,关键看老乡。这个电商的实效究竟如何,关系着群众的获得感、幸福感。李健和孙端商量,找县里部门争取支持,把付楼村的网速提起来,网费降下去,尽可能破除农村电商发展的限制性因素,多做打基础、补短板的工作,让老百姓热情高起来,真正能从发展电商中获利。比如,搞好这个产品的供应链基础建设,把物流运输和仓储啥都安排好,这又增加了不少就业岗位。从长远发展来看,如果这个电商能做好,东西越卖越多,名声也打出去了,付楼村也能申请一些特色产品品牌,这些都是大有可为的。

李健深知"授之以鱼,不如授之以渔"的道理,要想真正脱贫,必须激发自己的内生动力,政府的帮扶只是一种鼓励和辅助,持久致富还是要靠自己,一定要让贫困户树立信心,长本事,增才干。李健带领着村里办起了扶贫讲堂，请专家来向村民传授种植、养殖、经营及机械操作的技术，还带领贫困户到镇里、县里去参加脱贫学习。村里还对贫困户进行"立志星、增智星、法纪星、孝德星、卫生星"五个星级评定和量化积分，激发群众脱贫内在动力。他特别重视产业扶贫的作用，他认为，现在的农村脱贫攻坚关键要做好两点，第一就是产业扶贫，第二就是企业，这两种扶贫才是长效的，才能解决彻底的问题，假如说没有这两条支撑的话，党和政府对于农民关心支持也只是暂时性的，给的补贴再多也有花完的时候，可是办好了产业和企业，只要肯出力，那生活就不发愁。

村"两委"很早就协商过村里产业规划的事，但是困难很多。付楼村原来基础设施条件比较差，人的思想也比较落后，很多工作不好开展。村里账户资金较少，为了全村利益，李健和孙端带头，村里的党员干部没少自掏腰包为村里办事。他们多次找专家咨询，想请专家为付楼村做产业规划，但是因为缺乏资金，这件事最终也没有成功。

"搞规划的专家告诉我们，这个产业规划也没有凭空设计来的，你得有钱，有初步计划方案，但我们基本是一穷二白，一没钱二没啥方案，还是回来自己商量着干。虽说这样圈子小，只是一个小框框，但经过村干部和村民的多次协商，大家一起出主意，还是搞了不少产业。包括香菇基地，包括这个小龙虾基地，现在看起来有模有样，开始我和孙书记不知道在一块探讨了多少次，这个也是巧妇难做无米之炊，手里没有资金想办一个事儿确实也是很难的。"李健说起了最初商量产业、办厂时的情况，"包括现在我们的扶贫工厂，刚开始几个老板搞不成，一个是公益的性质比较多，赚钱少，再一点以前村民觉悟上不去，不愿去干活。后来重新规划，还是得以盈利为主要目的，不然谁去给厂里注资，再加上现在群众觉悟高了，厂子火起来了，现在工人最高峰时间能够达到百十人，在这儿工作，还能哄孩子，送完学生还不影响回家做饭。前不久我看厂里的人又有一点多，最后我说咱们再扩大一点，为了方便群众，所以村里协商后又成立了一个小扶贫工厂，弄三二十台机器，群众们就近务工增加收入，有些干活多的，一个月就是两千多块钱，一般的村民也能挣个一千多块钱，让村民就近增收。咱们搞不了太高大上的东西，自己关起门来做些小规划，现在村里的产业也初具规模了"。

不单单提高村民的物质生活水平，李健还带着村民精神上"致富"。付楼村的村广场、村民活动室等公共场所，到处张贴着宣传标语，内容涉及十九大、社会主义核心价值观、讲文明树新风、家风家训、文明村镇创建标准、道德模范事迹、文明家庭、星级文明户、善行义举榜、清洁家园行动等精神文明元素，全村积极开展倡导绿色生活、反对铺张浪费等移风易俗活动。李健经常带着村干部到村民家里聊聊村里的新鲜事，讲讲党的新政策，利用村民小组会议，深入宣传习近平新时代中国特色社会主义思想，结合正在实施的乡村振兴战略，办好民心工程，培育向上向善的力量，让习近平新时代中国特色社会主义思想在付楼村落地生根。

自党的十九大报告提出"乡村振兴"战略以来，付楼村把"改善农村人居环境，建设美丽宜居乡村"，作为实施"乡村振兴"战略的重点工作，同时也作为全面推进建成小康社会，提升村民根本福祉，提高农村社会文明和谐的有效抓手。李健带着村"两委"精心组织、高位推进，使付楼村人居环境明显得到改善、农民生活品质得到有效提升；村里多措并举不断加大投入力度，积极顺应村民过上美好生活的期待，大力开展美丽乡村建设，以田间地头、村庄边际、房前屋后、桥头、林间、沟渠等部位为集中整治重点，全区域覆盖，全面彻底做好陈年积存生活垃圾、建筑垃圾、废弃秸秆杂物的清理，做到无暴露垃圾、无卫生死角。全村扎实推进农村环境"三大革命"，统筹发展和提升农村生产、生活和生态水平，以农村垃圾、污水治理和村容村貌为主攻方向，坚持因地制宜、规划引领、建管并重，集中力量解决突出问题，着力营造和谐、文明的社会新风尚，为付楼村实施"乡村振兴"战略打下了坚实基础。

李健带领村干部，下大力气完善付楼村民生基建。加快村公路、供水、供气、环保、电网、物流、信息、广播电视等基础设施建设，推动城乡基础设施互联互通；积极申请村用水工程改造升级，实施农村饮水安全巩固提升工程；加快村电网改造升级，保证村民用电；强化村公共卫生服务，加强慢性病综合防控，大力推进重大传染病防治，建设完善村医务室，加强基层医疗卫生服务体系建设，开展和规范家庭医生签约服务，加强妇幼、老人、残疾人等重点人群健康服务；筹措资金，完善村广场、阅览室等场所的设施，为村民健康娱乐提供良好的环境。

经过大规模治理建设，付楼村基础设施的11项脱贫指标都已达到要求，村民们对乡村面貌的变化较为满意。好多群众说，以前都不敢想有这么好的广场、有这么好的路，路都修到地头、修到家门口了，也能喝上干净的自来水了，以前乱堆乱放的垃圾也不见了，生活在这种环境里舒心多了。

在李健、孙端为首的村干部带领下，截至目前，全村贫困户由235户减少到仅剩14户，不仅仅是脱贫，付楼村村民的经济水平普遍提高，生活得到了明显改善，钱包比以前鼓了不少，精神面貌有了很大提高，村容村貌得到了彻底改善。

谈到下一步的致富工作规划，李健已经有了初步设想。首先准备建立香菇产业链，不仅种香菇，还争取把香菇加工产业做起来，这个需要的技术和设备都不算多，花钱也不多，市场又好，非常容易见效，西峡那边的香菇加工产业做得比较好，李健他们准备到西峡那里取经。秸秆炭加工也准备扩大，现在秸秆炭厂只有一台机器，下步准备再引进三四台，不仅生产秸秆炭，秸秆炭的附带产品也要抓紧开发，可能的话再去申请个专利，这是个一本万利的事情。还有小龙虾养殖，养殖小龙虾虽然相对简单，但还是有很多需要学习和钻研的地方，月河镇沈庄村做的就不错，李健等人想去学学经验，小龙虾养殖今年付楼村刚开始搞，对市场了解还不够多，销路还没打开，今年的小龙虾价格比往年低，要想做好了，还是要注意信息，打开销路。另外付楼村还准备发展火鸡养殖，已经联系好了饲养者，在付楼村规划几十亩地，装上养殖网，请人过来养火鸡，最终带动付楼村发展火鸡养殖。

孙端也作了补充规划。扶贫车间的规模要扩大，最关键的还是资金，现在村里还是不够富裕，好多致富的产业因为没有资金无法启动，当务之急是想办法筹措资金，把产业规模扩大，现在村里的产业规模还是太小，要能多建几个厂，多设一些公益岗位，能更多地吸收剩余劳动力，没有啥闲散人员了，村里事就少得多了。

李健的想法很简单,既然当了村支书,就得为村民带好路,光脱贫不行,还得富起来。作为党员,不但要让村民"骑上马",还要扶着"送一程",村民才能走得远、走得好,付楼才能真正变"富楼"。

九　因地制宜出实招,誓把付楼变富楼

十　叶稀枝折莫嗟叹，不信春风吹不暖

习近平总书记说过："中国有几千万残疾人，2020年全面建成小康社会，残疾人一个也不能少。为残疾人事业做更多事情，也是全面建成小康社会的一个重要方面。我们一定要把全面建成小康社会这个历史性任务完成好，这是当代共产党人的历史使命。"

李健特别注意照顾老人和残疾人等特殊群体的利益。付楼村中有16个残疾人家庭，83个残疾人，他们大多数生活还是困难。一想到这里，李健心里沉甸甸的。因为他自己就是一个残疾人，深知残疾人有多么痛苦，他和他们有着同样的经历、感受，自己现在闯过来了，生活好了，既然自己当了村里的领头雁，就要肩负起带领大家过好日子这个艰巨的责任。

付楼村的贫困户中，因病因残是未脱贫贫困对象的主要致贫原因，而且都是低保贫困户，特困供养贫困户，多数已丧失劳动能力，无法通过自己劳动实现脱贫，需要依靠政府的兜底政策和社会帮扶才能保证在脱贫路上不掉队。除了依靠民政、残疾、医疗等行业部门的扶贫

政策来保障基本生活和收入外,李健还想方设法为他们增加福利,确保奔小康路上不落一人。

以前付楼村的残疾人大多不知道去办理残疾证。经孙端提醒,李健给残疾人挨个通知,鼓励他们都去鉴定,因为残疾人这个标准是国家规定的,执行严格,并不是村里开会就能决定的,必须得经过一系列的鉴定,鉴定为残疾人后才颁发残疾人证,方能享受到政府的补贴。以前付楼村没人牵头残疾证的事情,残疾村民也不知道要去办理这个证,该享受的补贴没享受到。经李健和孙端等干部督促提醒后,残疾村民都去办理了这个证,开始享受补贴,实实在在的惠民政策真正用到残疾人的身上。

李健带领村"两委"成员,充分利用会议、广播、标语横幅、宣传车、流动小喇叭、入户走访等形式,深入宣传《残疾人权益保障法》和残疾人社会保障、教育、康复、就业、维权等脱贫攻坚政策措施,让村里人都知道关爱残疾人。根据残疾人类型和等级情况,结合开展职业技能培训,推荐他们到农民专业合作社、家庭农场、扶贫车间和产业扶贫基地上班。动员用人单位因事而异、因人设岗,把道路管护员、门卫、环保清洁工等适宜工作安排给他们,为残疾人提供更多的就业岗位,促使残疾人帮扶工作由"输血"向"造血"转变,帮助有劳动能力的贫困残疾人提高自我发展能力,自主创造幸福。

李健的香菇基地,特意安置了一些残疾人和老人进去工作,也不让这些人干重活,就安排他们剪香菇根,剪一篓四块钱,不管是残疾人还是老人,只要手没问题,随便一天也能剪个六七篓子,一天也能挣个二三十块钱。老年人、残疾人腿脚不利索,就坐椅子上也能干完活，说起来是工作挣钱，其实更多的是出于对这些人的照顾。这个工作第一是增加这些人的收入，第二是让他们有活干，知道自己还能做事，从精神上心理上也是个安慰鼓励。

村里的工厂，李健也尽可能多安置残疾人和老年人务工，做些力所能及的活。秸秆炭厂以及扶贫工厂里面，妇女、残疾人和老年人居多。女职工不少都是五六十岁，出去比较难找活，原来坐家里成天打个牌，翻个瞎话，吵个嘴，斗个气，不仅没收入，人一闲还容易生事，现在在厂里面，一天挣个几十块钱，有的手头快的挣个100多块，一个月两3000块钱，又不影响早晚上下地干干农活，中午热了坐到扶贫车间里面，有空调又凉快，还能挣钱。有的老人70多岁了，还在厂里干些轻活，一天也能有个60块钱的工资，残疾人也能找到活干，不愁赚不到钱。甚至有些年轻人，不愿外出，也在厂里工作，工资不算少，又能照顾老人和孩子。

村里刘堂真老人真情实感："过年，村里给俺不少好东西，年货给了七八件，又给俺1500块钱，俺的帮扶人又给俺650块，我跟俺媳妇年纪大了，又给俺个公益岗，就扫下地，也不累，一年给俺5000块。这不，去年还有一个啥项目，又给俺5000块，俺在村办厂里工作，一个月也有2000块钱的收入，村里对俺真不赖。今年李健和村上干部找到俺说，刘大爷，你现在不愁吃穿了，该脱贫了，我说那就脱贫吧，李健就说按国家政策，你确实也不算贫困户了，先给你报上，你这算预备脱贫。我说那中啊，只要你慢慢给俺找点活儿，俺只要有饭吃就行。李健说你放心，村里的几个厂随你挑，只要你肯干，要是嫌活少挣得少，我家的香菇大棚欢迎你过去，你要还想干事，那小龙虾，我出钱，你帮工，算你合伙。他这一说啊，俺心里真地放心了不少。毕竟你不能只靠国家靠政府养着吧，国家的钱还有不少要使的地方，要都像俺一样问国家要钱，国家咋整？这几年，俺的觉悟也高了。"

孙端仔细合计过，即使是五保户，今年五保金涨到5000多一点了，加上养老金，一年1200多，这都6000多了，五保户住院都实报实销。五保户分的地还比较多，加上粮补，多余的地再流转一些，又是一笔收入，这加起来每个人几乎都达到六七千了，也完全够了脱贫的标准，今年不出啥意外，付楼村的贫困户能全部脱贫。

李健对残疾人安置增收的规划比较系统长远。"付楼村里是83个残疾，83个残疾人里重度残疾的不少，贫困户的残疾一级的有6个，二级的7个，三级的9个，四级的15个，非贫困户一级的1个，二级的是16个，三级是11个，四级的14个。三四级能干点力所能及的活儿，你比如说在工厂里头，你像我少一个胳膊这种情况，扫个地也没事对吧，他三四级的完全啥都能干。我就想着专门成立一个以残疾人为主的工厂。"李健说着他下步的打算，"这工厂招收的工人主要是残疾人，如果有残疾人干不了的活，再安排非残疾人。规划再详细点，顺便在工厂边上，建一个福利院类似的机构，专门照顾重度残疾人。你比如说是这一级、二级他不能自理的就需要这种福利院，走不了的叫他家属拉来在这儿吃一顿饭，中午在这儿吃一顿，晚上拉他回家了，也不耽误他家属就业，务工挣钱。要是待在家里管他一天，家属也没时间出去工作。我想着这样的话，厂子搞起来，联合起来，肯定这几十户残疾人都应该没事了。县里说让报乡镇振兴项目的，我想把这个想法报上去，希望县里能批。"

孙端对此深表赞同。他也认为，不仅仅是搞工厂，这个类似福利院的机构也得抓好，不仅给厂里工作的残疾人提供方便，还能提供残疾人家属的就业机会。一个福利院需要各种人手，照顾残疾人，中午做个饭，扫地看门的，又提供了不少岗位。这样残疾人有人照顾，家属放心，家属也有工作赚钱的机会了，既能体现残疾人的价值，残疾人的家人也解放出来，又能为残疾人家属增加收入。假如家里有一个残疾人最起码得有一个人随时看着他，也出不了门，干不了活儿。这个福利院如果能建起来的话，这些问题基本上都能迎刃而解。这个构想非常好，他全力支持。

李健不仅想办法帮残疾人和老人增收，还从生活上对他们倍加关心。村里有几位重度残疾的老人，无法行走，李健积极和县里残联沟通，为这几位残疾人申请轮椅，方便了他们的生活。

村民李和有，12年前脑出血送医院抢救，住院半个多月，命保住了，但是身体瘫痪了，无法站立。他的妻子12年来，一直用一个三轮车拉着他外出活动，很多场合三轮车过不去，就得背着抱着他，非常不便，因为得时时刻刻照顾他，他的妻子也没了务工增收的机会。李健为李和有申请了轮椅后，生活方便多了，李和有的妻子也能到工厂工作了。每天，李和有的妻子用轮椅推着他到扶贫工厂加工毛绒玩具，李健考虑到这家人的特殊情况，李和有的妻子年纪大了，体力较差，还要操心看护李和有，就安排剪线头，活非常轻松。妻子剪线头，李和有就在旁边听着戏曲，或者躺轮椅上睡觉，非常惬意，下班了，再推着李和有回家，就这样，李和有一家的生活比以前好多了。

李和有的妻子说："俺当家的都偏瘫了12年，他又喜欢出去转，在家里坐不住，以前买了一个旧三轮，到哪里都得拉着他，整天背他抱他的，让他一个人在家也不放心，他连一个门也给你看不住，家里时刻得有人。现在有了轮椅，啥都方便多了，没有这个轮椅的时候他失去了双腿，有这个轮椅他又能出去了，心情好多了。俺也能带着他去上班了，也能赚钱了。"她接着感激地说，"俺真得感谢李书记，以前那么多年，从没人认真管过这个事，轮椅说了很多次都没搞下来，现在不等俺说，李书记主动帮俺搞到了轮椅，改变了俺家的生活，俺打心眼里感激他。"

除了李和有，刘文广、刘永乐、富家现等几位残疾人，经李健积极协调申请，也获得了轮椅，生活方便多了。谈到此事，李健说了自己的动机："看着那几个重度残疾人，在床上都不能下来了，我这心里就难受。我失去一个手臂，我都感觉那么不方便，那些不能行走的残疾人，你想想他们是有多痛苦。我出事那时候，在南阳、洛阳住院时间，整天躺床上动都动不了，只能看着窗户外的风景，人都要闷出病了，稍微好了点，医生让我家属弄个轮椅推着我出去转转，转一圈心情都好了。坐着轮椅推着下去，看到熟人，你知道我心里多激动，说不出来的那种高兴，瞅着人心里得劲的很。这种感觉，你没这经历你体会不到。想想我自己的经历，再看看这些残疾人，以己推人，我就想给他们搞轮椅了。"

李健安置一些残疾人和老人到村里的公益岗工作，干些轻松的活，比如坐着轮椅拿着垃圾袋帮别人装垃圾什么的，对这些人非常照顾。按付楼村村民公约，任务完成的不好要处罚，这些人假如要被处罚，实际上李健都替他们把罚金出了。在李健看来，这些残疾人和老人本

十 叶稀枝折莫嗟叹，不信春风吹不暖

来就行动不便，弯个腰都比较麻烦，挣钱又不是很多，如果活干得不好，督促一下就行了，要是罚钱的话，虽说合理但不合情，所以李健主动替这些人出了罚金。

李健对残疾人和老人的特殊照顾，这些人看在眼里，感激在心里。

老人肖明武，被李健的行为深深感动，从李健身上体会到了共产党的关怀温暖，有了向党组织靠拢的想法，81岁的高龄向党组织递交了入党申请书，在当地传为美谈。在老人看来，以前他吃了上顿没下顿，住的房子破破烂烂，要不是共产党领导，过不到今天的日子。李健就是他的榜样，于公于私做得都好，没啥可挑剔的，他就想多学学李健，做个党员，老了也发挥下余热，像李健那样给村民实实在在办事、增光。

村民刘堂真老人也说："李健这样的人，全天下难找，俺们是真心实意地佩服他、感激他，想办法帮大家赚钱不说，对俺们这些老人和那些残疾的照顾得真是心细，叫人没话说，他这个村支书，俺们打心底里希望他干一辈子。"

锦上添花是很多人很乐意去做的事情，但雪中送炭却很少人愿意去做；而也正是这些残疾人，才是社会最应该关注和帮扶的弱势群体。李健没有忘记他们，而且还用最善意的方式教授他们"捕鱼"的方法，让他们有尊严的生存，用自己的双手脱贫致富。难能可贵的不是那根帮助他们站起来的拐杖，而是李健让他们挺直脊梁生活的信心和希望。

十一　采得百花成蜜后，为谁辛苦为谁甜

在李健为首的村干部带领下，付楼村发生了较大改变。村民们生活水平高了，精气神也上来了，村容村貌也改变了。这背后，李健付出了很多汗水，作出了很大牺牲。

村里人都知道李健的身体情况，根本不能长时间劳动，也干不了重活。但李健往往工作起来就不知道时间，他身上常备着止疼片，腿上疼痛难忍时候就吃上一片。村里的工作千头万绪，任务一下来，没日没夜是常有的事，产业规划那段时间，村"两委"成员基本上天天加班到11点多，其他村干部知道李健身体不能支撑，就劝李健早早回去休息，李健每次都拒绝了，因为他觉得，大家都在这加班，他作为村支书领头人反而不在，心里过意不去。

2018年，有一段时间扶贫任务比较重，李健在村部几乎天天熬到凌晨两三点，也没有因为自己的身体状况搞什么特殊化，基本上每次都是他最后一个离开办公室的。有时候为了节省时间，李健干脆就住在村部不回家，为节省经费，经常吃方便面。在李健的带领下，其

他村干部也是干劲十足，加班加点保证了任务高质量地完成。大家都很佩服李健，说李健完全是超负荷运转，把敬业精神发挥到了极致。

王诗东说，李健这个超负荷运转，经常累得腰酸腿疼的，有些时候腿都肿了，浑身有汗，出虚汗，没有劲，酸、软、肿、痛，有时候开会，看他站起来说着说着就开始冒冷汗，脸色发白，别人看起来很简单的事，他都没少费力费神。

负责付楼村工作的包村组长赵杰对一件事记忆尤深。2018年夏天，李健刚上任村支书不久，有一天有个紧急工作，赵杰要联系李健，可是电话打了将近20个，李健也没有接听。赵杰着急之下，直接开车到付楼村，去李健家里找他，没进门前先打电话，进了门，李健的手机还在桌上响着，人不在屋里。询问李健的父亲，得知李健去了香菇养殖基地，估计正在塑料大棚里工作，因为大棚是淋浴式的，也没法携带手机。李健的父亲要去叫李健回来，被赵杰阻止了，赵杰想去亲自看看李健在干啥。到了香菇种植基地，找了一个又一个大棚，终于在一个塑料大棚的角落里找到了李健，当时，赵杰看到的一幕把他深深震撼了。大棚里面很热，李健只穿了个短裤，正在给香菇浇水施肥，李健身上的伤疤、变形的左腿让赵杰久久说不出话来。看着李健一个手拿着工具，拖着伤残的左腿，迈着艰难的步伐，慢慢地从塑料大棚这边挪到那边，赵杰眼睛突然湿润了。

"说实话，那个镜头我一辈子忘不了，我早知道李健身体残疾，可是啥都没有直接看到冲击力大，他那个身体实在是不好看，甚至有点吓人，大热天，看他在那里挨着给香菇浇水施肥，我真是被深深感动了，他的敬业精神，干事态度，特能吃苦，哎，当时我不知道说啥好。从那往后，每次我看到李健的残疾身体，都觉得他特别高大。那次真让我终生难忘。"

孙端说，李健干的事健全人都干不了。他们的工作就是5+2，白加黑。5+2就是一个星期五天工作日加两个休息日，白加黑，就是白天加晚上了。李健的手机是24个小时不关机，工作忙的时候，别人随时可能打电话。李健的爱人老说他，当了村支书，完全就见不到人了，要么不回家，要么回来饭都凉了，反正他回来吃不上热饭是常有的事。李健从上任到现在，安排啥工作都是接受，也从来没有说个"不"字。李健的爱人付家六埋怨李健："家里这个摊子，老人80多岁了腿脚不利索，我就一边身子麻利，家里这个样子还整天见不到他。自打他当了村支书，家里算是就没这人了，说走就走，基本上啥事也不管，我一个手好不容易做点饭，等到晚上十一二点还不见他回来。等他到家我们都睡了，现在因为也没人热饭，他经常吃凉饭。家里的菜地、大棚、树苗啥的，他都没时间管，当个村支书的家属，真不容易。"

李健做了村支书后，家里的生活确实受到很大影响。以前李健种植香菇的规模比较大，没时间照顾，减少了很多，树苗、木耳都没时间去看，葱都通过电话联系好了买家，因为他没时间往外运，不得以低价卖给别人。往年，麦子收割季节，李健联系买家收购麦子，仅仅当这个中间商都能赚不少，现在，不仅没时间当中间商，甚至忙得连自己家的麦子都没时间收。

最让李健家人接受不了的是，李健总是把赚钱的机会让给别人。村里一些贫困户的农产品和李健的农产品同时出售，本来别人都谈好了要买李健的，李健一看那些贫困户的东西卖不出去了，主动把机会让出来，让贫困户的东西顺利销售出去，自己的卖不出去了只能等下次。有时候村民的东西没销路，李健干脆自己花钱买回来，再想办法卖出去，赔本的事情常有发生。付家六提起这事就生气："自己家的东西你没时间卖也就算了，可有人找你要买了，你又推给别人卖，自己的不卖了！从他当支书，这两年家里的收入就少了！"

有人问李健是否后悔过当这个村支书，李健很坦诚："我当了村支书以后，说实话时间是少了很多，家里的香菇、树苗、蔬菜生意、粮食生意都放下了，确实没有时间，都影响家庭了，虽然现在买卖大部分都是通过电话联系的，比如说我联系大葱，别人同意上门买了，但是你得第一眼先去看看葱的质量啊，我手里一堆事，连这个时间都没有，现在一分钟都走不开了。再比如种香菇，我没时间，种多了可能就坏了或者不好卖，这群众一看到我种香菇不赚钱了，肯定会影响大家的热情，明年他们就未必会再种香菇。从经济的角度确实有点后悔，身体压力也很大，2018年都住院几次了，前不久又住院了，这刚刚从医院出来，这一块确实也有点后悔。但是，既然我已经干了村支书，那就别再想太多的事，把村里管好，群众先富我再富，我这个牺牲也值了！"

岁月不改坚定，承诺重于生命。作为一名共产党员，他时刻牢记自己的责任和使命。

又是一个春天，付楼村渐渐绿起来，村民的口袋渐渐鼓起来，李健沉甸甸的脚步终于轻盈些。

阳光温暖和煦，付楼村的冬天真地过去了。

十二　春风书写新画卷，乡村新貌唱丰年

在以李健为首的村"两委"带领下，经过苦干实干，村民生活水平有了极大提高，88户贫困户在李健的带动下稳定脱贫，贫困户由开始建档时的235户下降到如今的14户，2019年全村彻底脱贫在望。产业扶贫就业基地带贫76户，金芙蓉生态农场带贫123户，犇鑫养牛合作社带贫66户，50000袋香菇种植基地、新建118亩小龙虾养殖等项目都发展良好，豫岗生物能源有限公司和扶贫车间不断发展壮大，全村产业一片欣欣向荣，为群众致富和村集体增收奠定了良好基础。

民生基建项目加快推进，全村农村电网入户改造率达100%，移动、联通、电信、无线信号通信网络覆盖率达100%，电视网络覆盖率达90%，路灯47盏，新建党群服务中心、文化广场、教学楼等项目，安全饮水站3座，实现道路村村通、户户通。设有村级卫生室一个，执业医师一人，基本保证群众小病不出村。

村民的精神面貌也有了极大改善，大家用汗水改变了自己的生活，

以前那种"等、靠、要"的思想不复存在，村民的满意率近百分之百，在全县乡村名列前茅，半年来没有村民上访现象发生。

如今的付楼村，一幢幢美观大方的民房坐落有序，一条条平坦洁净的水泥路穿越村庄，一盏盏明亮的路灯点亮人们的生活，田间地头村民们正在辛勤劳动，流着汗水的脸庞上洋溢着幸福的笑容。秸秆炭加工场里花生壳碎末通过传送带投进机器，再出来时已变成一段段坚实的圆柱状燃料，机器的轰隆和阵阵暖风交织在一起，扬起的粉末和花生味正在弥散；不远处的金芙蓉生态农场中，一个个套好袋子的黄金梨，挂在一株株枝叶茂盛的树上，和附近池塘里的莲藕一样，悄无声息地铆劲儿生长；稍远些，充斥着缝纫机声和布料味的扶贫就业基地里，从二十来岁的姑娘到六七十岁的大娘，都在专心地忙着手里的活计，人们有条不紊地劳动着，诸多场景连在一起，组合成一幅温馨和谐的美丽图画。付楼村正以社会主义新农村的面貌，在以李健为首的村干部带领下，阔步前行，迈向不远处的小康。

回忆走过来的风风雨雨、坎坎坷坷，李健说，虽然觉得有点累，但更多的还是欣慰。如今，付楼村面貌已大有改观，贫困村也已摘帽。但他深知，脱贫致富只是开始，建设社会主义新农村任重而道远。往后，要积极响应乡村振兴战略，带领村里党员干部把两委班子建设好，社会治安管理好，各个方面都要有新的起色，决不辜负父老乡亲对他的信任与支持。

残疾人要和健全人一样，不但善于驾驭命运，而且要敢于创造奇迹！这种奇迹，不但要在自己身上发生，更要推己及人，唤起更多人创造奇迹的欲望！要坚持走共同富裕之路，尽力为乡亲们干点事，只有这样，才能获得真正的幸福感、荣誉感；不但要自己幸福，还要让更多的人舞出人生最美的风景！李健的信心很坚决。

王诗东在工作日记上写了这么一段话来评价李健：

"李健之所以能深得民心，能把付楼村的面貌彻底改变，有党组织的引领，也有他个人因素，不是说独立的，有诸多看似偶然的因素汇集到了一块，其实并不偶然。

最初的阶段，李健的家庭，由一个贫民家庭变成普通家庭，又变成了残疾家庭、变成了贫困家庭，然后又一步步地脱贫致富；第二个阶段，脱贫了之后又入党，入党了以后又当支书；现在是第三阶段，由支书带领大家致富。所以李健身上凝聚了很多因素，残疾人、贫困户、党员、支部书记。有不少方面值得去学习。

一个是李健具有坚强的意志。他做了11次手术，哪次不是九死一生？坚强的意志，与命运抗争，自己残疾、种葱赔本、母亲去世、父亲骨折、妻子瘫痪，这么多挫折在别人身上，恐怕早就被压垮了，但是李健迎难而上，不认命，不向命运低头，这是坚强的意志。

第二个是顽强地奋进。李健自己脱贫致富；种过葱，种香菇，种蔬菜，种木耳，搞营销，一直不服输，这个赔了再整那个，雪上加霜了抖抖霜继续干，摔倒了爬起来继续前行，在地里喝凉水啃干馍，腿都磨出血，脚都磨出血，咬牙坚持，这是顽强地奋进。

第三个是敏锐的眼光，灵活的头脑。李健不会墨守常规，他容易接受新事物，善于思考，善于抓机会。别人不敢种葱的时候，他掌握信息，很有自信地继续大规模种葱，好多农村都没听过秸秆炭这个词的时候，他已经建了秸秆炭生产厂。这些都说明李健头脑灵活，目光敏锐，善于抓机会。

第四个是共产党员的担当。李健本可以过比较清闲的生活，但是他牢记共产党人的使命担当，致富不忘乡邻，不怕吃苦，大公无私，甘于牺牲，心系百姓。这就是共产党员的担当。"

李健入党以来，始终不忘初心，牢记使命，坚定理想信念，服从组织安排，践行竞职承诺，自觉履职尽责，有力地推动了上级决策部署在付楼村落地生根，用实际行动书写了对党、对人民的无限忠诚和热爱。他以村为家，事必躬亲，带领"两委"一班人，比奉献、树形象；他发扬民主，办事公道，以实际行动赢得了广大群众的信赖和支持；他强基础，干实事，让老百姓实实在在享受到了脱贫攻坚带来的实惠，也为付楼村描绘了可期可望的美好远景。李健的精神，李健的士气，给全村老百姓和干部深深上了一个现实课，让大家都知道，英雄就在身边。

李健的辛勤付出，得到了社会各界的赞誉。他受邀于2018年10月16日到国务院新闻办参加残疾人脱贫攻坚与中外媒体记者见面交流会，受到广泛赞誉，中央、省、市媒体先后报道了其先进事迹。2019年5月16日，第六次全国自强模范暨助残先进表彰大会在北京举行，李健和其他优秀残疾人代表在人民大会堂受到习近平总书记的亲切接见，习总书记向他们表示热烈的祝贺，勉励他们再接再励，为推进我国残疾人事业发展再立新功。5月20日，中共河南省委书记王国生在郑州会见了包括李健在内的河南省残疾人代表，王国生鼓励他们要自尊、自信、自强、自立，要发挥模范带头作用，传播正能量，引领更多人投身到扶残助残行列中来。

中共桐柏县委作出决定，号召全县党员干部向李健学习："李健同志身残志坚，面对危难不低头，不气馁，不服输，勇于抗争，愈挫愈勇，展现了桐柏人的锐气；致富不忘乡邻，乐善好施，甘于奉献，敢于担当，展现了桐柏人的豪气；依靠但不依赖党和政府，埋头苦干，不甘落后，勇于进取，展现了桐柏人的志气；心地仁厚，尊亲孝老，扶危济困，展现了桐柏人的正气。李健同志的身上，传承着优秀桐柏人的品格基因，闪烁着新时代共产党员的优秀品质，彰显了新时代基层村支部书记的高尚情怀。"

习近平总书记说过："理想因其远大而为理想，信念因其执着而为信念。"从残疾人贫困户到脱贫户，从脱贫户到党员，从党员到村党支部书记，自强让李健实现了诸多身份的转换和超越，让他创造了一个又一个"奇迹"。

从突遭不幸到重新站起，从逆境中脱贫到带领全村致富，从重塑自我"顾小家"到超越自我"为大家"，李健体现了一个共产党员的信念与担当，展现了一名基层党员干部的奉献和情怀，描绘出一幅"自强不息、干事创业、大爱担当"的宏伟人生画卷。

图书在版编目（CIP）数据

会它千顷澄碧：记全国自强模范李健 / 曹国宏，魏维主编. -- 郑州：河南大学出版社，2019.11（2021.12 重印）
ISBN 978-7-5649-4017-1

Ⅰ.①会… Ⅱ.①曹… ②魏… Ⅲ.①李健—先进事迹 Ⅳ.① D263

中国版本图书馆 CIP 数据核字 (2019) 第 242784 号

出版人：于华龙

责任编织： 杨海燕　程新晓
责任校对： 杨风华　马　博
装帧设计： 贾冰玉
策划： 河南思客文化传播有限公司
　　　地址：郑州市郑东新区民生路金领时代
　　　邮编：450002

出版发行： 河南大学出版社
　　　地址：郑州市郑东新区商务外环中华大厦 2401 号
　　　邮编：450046
　　　电话：0371-86059701（营销部）
　　　　　　0371-22860116（人文社科分公司）
　　　网址：hupress.henu.edu.cn

印刷：开封智圣印务有限公司
开本：710mm×1000mm　1/16
印张：7
字数：70 千字
2019 年 11 月第 1 版　2021 年 12 月第 2 次印刷
ISBN 978-7-5649-4017-1
定价：20.00 元

本书如有印装质量问题，请向本社调换